# 평생
# 직장은
# 없어도

# 평생
# 직업은
# 있다

나는 책쓰기로 1인 창업했다

평생 직장은 없어도 평생 직업은 있다


초판인쇄 2019년 11월 4일
초판발행 2019년 11월 11일

지은이 황준연
발행인 조현수
펴낸곳 도서출판 더로드
마케팅 이동호
IT 마케팅 신성웅
디자인 디렉터 오종국 Design CREO

ADD 경기도 고양시 일산동구 백석2동 1301-2
넥스빌오피스텔 704호
전화 031-925-5366~7
팩스 031-925-5368
이메일 provence70@naver.com
등록번호 제2016-000126호
등록 제2015-000135호
ISBN 979-11-6338-048-1 03810

정가 15,000원

파본은 구입처나 본사에서 교환해드립니다.

나는 책쓰기로 1인 창업했다

황준연 지음

도서출판 더로드
The Road Books

## 머리말 | Prologue

# "나는 아주 나중에야 책을 쓸 수 있을 줄 알았어…."

나의 첫 번째 책〈하루 1시간 독서습관〉이 올해 3월에 출간되고, 아는 형에게 들은 이야기다. 그 형의 부러움과 아쉬움이 가득한 한마디를 듣고 나는 결심했다.

'형을 위한 책을 쓰자.'

겨우 책 한 권 낸 사람이 책쓰기와 관련된 책을 쓸 수 있을까? '어렵지 않을까?' 라고 생각했지만, 이 원고를 통해 '그 형이 책을 쓴다면 좋겠다' 라는 마음을 담아 꾹꾹 눌러썼다. '출간이 안 돼도 상관없어, 가장 쉬운 책을 쓰자' 라고 다짐했다.

강연을 통해 가장 많이 들은 질문도 '책쓰기' 였다.

어쩌면 그때부터 다음 책의 주제가 '책쓰기' 로 정해졌는지도 모르겠다.

주위에 '책쓰기가 버킷리스트' 라고 말씀하시는 분들이 많다. 이 책의 다른 독자는 바로 그분들이다. '내 이름으로 된 책을 갖고 싶다' 라고 외치는, 그 원대한 꿈을 도와주기 위해서 이 책을 썼다. 버킷리스트를 꼭 삶에 마지막에 해야 할 필요는 없다.

지금 하지 않으면 언제 하겠는가?

책을 쓰면, 꿈꾸던 모습에 한 발 더 다가갈 수 있다. 초라했던 내 인생이 책 한 권으로 180도 바뀐 것처럼, 여러분의 인생에 조금이라도 도움이 되고 싶다는 마음으로 매일 새벽 책을 썼다. 내 간절함이 조금이라도 전달됐으면, 그리고 이 책을 읽고 책쓰기를 시작한다면 나는 행복할 것이다. 혹시나 궁금한 부분이 있다면 메일을 보내도 좋다. 마음을 다해 여러분의 코치가 되겠다.

책쓰기는 쉽다. 이제까지 단지 방법을 몰랐을 뿐이다. 그 방법을 이 책이 알려줄 것이다. 여러분의 버킷리스트에 '책쓰기' 가 있다면 잘 왔다. 혹시나 '책쓰기' 가 없더라도 잘 왔다. 왜 책을 써야 하는지, 어떻게 책을 써야 하는지 이 책을 읽으면서 알게 될 것이다.

누구나 자유로운 삶을 꿈꾼다. 하지만 그렇게 하지 못한다. 시간적 · 경제적인 자유가 없기 때문이다. 대부분의 사람이 시간과 돈을 맞바꾸는 일을 하고 있다. 이 책을 읽게 되면 그 삶을 벗어나 시간적 · 경제적인 자유를 얻는 길을 알게 될 것이다.

'남이 하고 싶은 일을 하며 노예, 내가 하고 싶은 일을 하면 주인' 이라는 말이 있다. 여러분은 노예의 삶을 살고 있는가 아니면 주인의 삶을 살고 있는가? 하고 싶은 일을 하며 살고 있는가? 죽지 못해 살고 있는가? 다시 태어나도 지금과 똑같이 살고 싶은가?

나의 대답은 '그렇다' 이다. 아니라고 대답했다면 이 책을 끝까지 꼭 읽길 바란다.

이 책은 정말 누구보다도 평범하게 살고 싶었던 평범한 직장인의 이야기를 담았다. 물론 직장인이었지만 행복했다. 일의 보람도 느꼈다. 하지만 늘 무엇인가 모자란 느낌을 지울 수 없었다. 텅 빈 공허함과 함께 살았다. 나는 그 답을 책에서 찾았다. 그리고 작가와 강연가라는 새로운 길을 걷기 시작했다. 그리고 이 순간 나는 정말 살아있음을 느낀다.

나는 사실 무엇인가 가르칠 자격이 없다. 막상 여러분과 나를 비교한다면 여러분은 나보다 못할 것이 없을 것이다. 나는 실패한 삶을 살았다. 고등학교 입학 이후 혼자 살았고, 27살에 군대에 갔고, 대학교도 나오지 못했다. 변변한 직장이 있는 것도 아니었고, 심지어 빚까지 있었다. 나를 아는 모든 사람이 '너는 망했어.' 라며 저주했고 실제로 내 삶은 그랬다.

아마 책을 만나지 않았더라면, 나는 주위 사람들의 말을 믿고 그렇게 살았을 것이다. 책이 나에게 길을 알려줬다. 감히 이 책도 여러분에게 길을 알려줬으면 한다. 그리고 여러분에게 작은 깨달음이라도 되기를 바라는 마음으로 책을 썼다.

많은 사람이 넓은 길로 가고 있다. 주위에 많은 사람이 넓은 길로 가기 때문이다. 하지만 세상에는 다른 길도 많다. 남이 원하는 대로가 아니라 여러분이 원하는 대로 살고 싶다면, 그 꿈을 이루고 산다면 얼마나 좋을까?

여러분이 진정 행복하기를 바란다. 그리고 여러분이 꿈꾸던 모습으로 살아가기를 진정으로 바란다. 이 책이 답이 된다면, 혹은 작은 힌트라도 된다면 더할 나위가 없을 것이다.

오늘 새벽 나는 나의 2번째 책을 꿈꾼다. 그리고 수개월 내에 이 책은 내 앞에 그리고 여러분 앞에 나타날 것이다. 그 꿈을 이룬 비결은 그냥 쓴 것이다. 1,000권이 넘는 책을 읽으며 내가 얻은 메시지는 명확하다.

'내가 할 수 있다는 것은 여러분도 할 수 있다는 것입니다.'

그렇다. 여러분도 할 수 있다. 생각보다 빨리.

2019년 10월

황준연 작가

Contents | **차례**

PART 02

PART 03

제 3 장

## 하루 1시간 투자로 책쓰는 3단계 _ 141

PART 04

제 4 장

## 스펙 인생이 아닌 스토리 인생을 살아라 _ 227

나는 아끼면
부자가 되는 줄 알았다.
현상 유지만 하면
아무 일도 없을 줄 알았다.
아마 재정전문가를
만나지 않았더라면
나는 괜찮은 줄
알았을 것이다.

PART 01

# 미래가 불안하다면 책부터 써라

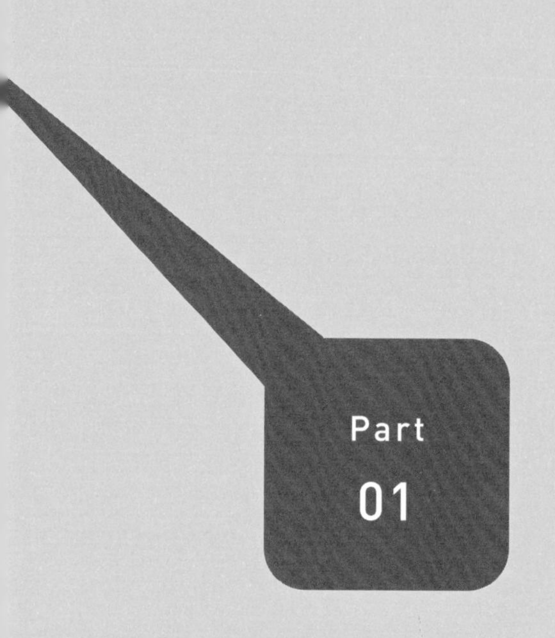

Part

01

01 :

## 어떤 회사도 당신의 미래를 책임져주지 않는다

### 20대 사원 '명퇴가 미래다'

어느 날 신문 기사 제목이었다. 내로라하는 대기업이었지만, 23살 여직원의 최연소 명퇴가 있기도 했다. 다행히 기업의 회장이 신입사원의 희망퇴직원을 모두 반려하면서 마무리되는 듯했으나, 그 기사 자체가 나에게는 큰 충격이었다.

주위의 많은 사람이 대기업이나 공무원을 꿈꾼다. 안정적이라고 생각하기 때문이다. 하지만 조금만 주위를 둘러봐도 그 안정적이라는 말은 함정이었음을 알게 된다. 회사는 기본적으로 이익을 추구하는 집단이다. 그리고 구조조정은 회사가 가장 쉽게 비용을 절감하는 방법이다. 여러분은 퇴직을 준비하고 있는가? 아니면 그저 '나는 아닐 거야?' 라며 불안해하고 있는가?

회사는 언제든 나를 내보낼 수 있습니다. 그것이 조직입니다. 조직의 생존 논리에 대해 섭섭해하면 안 돼요. 오너가 아니고서야 능력이 안 되면 누구나 나갈 수 있는 것 아닙니까? 이런 명백한 이론 속에서 사는 우리가 준비하지 않는 것은 본인의 인생과 가족 부양의 책임에서 일종의 직무유기에 해당합니다. 명예퇴직이나 은퇴를 하고 나서야 노년을 계획하는 것은 무책임한 행동입니다.

공병호 박사의 말이다. 여러분은 지금 준비되어 있는가? 본인이 얼마나 헌신하든지 회사는 그다지 신경 쓰지 않는다. 직장은 낭만적인 곳이 아니다. 오히려 힘든 곳이다. 수많은 직장인이 외친다.

'내가 대출금만 아니면! 내가 월급만 아니면!'

그래서 직장인들은 오늘도 인생 한방을 꿈꾸며 열심히 로또를 긁는다. '로또만 되면, 내가 직장 바로 때려치운다' 라고 외치며 말이다. 혹시 당신의 이야기가 아닌가?

조금 심하게 말해 직장은 우릴 이용하고 힘들게 하고 화도 나게 한다. 그래서 직장은 우리에게 미안해한다. 잘못했다며 한 달에 한 번씩 합의금을 준다. 월급은 '이만큼 줄 테니 부디 참아주세요' '당신의 시간을 이만큼 내가 썼으니 이걸로 대신하세요' 라는 뜻의 위로금이다. 내담자 중에는 직장 생활에 환상을 가진 사람들이 많다. 짐작건대 힘든 취업 경쟁에서 살아남기 위한 자기 최면도 작용한 것 같다. 이들이 갖는 환상은 직장은 꿈을 이뤄주는 곳, 멋진 커리어우먼, 자아를 실현할 수 있는 곳, 아름다운 인간 드라마가 있는 곳이다. 단언하는데 그런 일은 벌어지지 않는다. 얼마 전 인기를 얻었던 〈미생〉처럼 직장 생활을 비교적 잘 다룬 드라마도 비현실적이긴 마찬가지다. 불의에 맞서고 인간적이기까지 한 과장은 현실에서는 사장까지 가기 어렵다. 꿈, 성장, 자아실현, 가족 같은 분위기는 죄다 사장들이 꾸며낸 환상이다. 직장은 일을 끊임없이 시키고 그 대가를 쥐꼬리만큼 쥐여주고 생색이나 내는 곳일 뿐이다. 그러니 부디 직장에서 자존감을 시험하지 말 일이다. 〈자존감 수업〉

〈자존감 수업〉에서는 조금은 심할 정도로 회사의 나쁜 점만을 부각했지만, '직장 생활에 환상을 가진 사람들이 많다' 라는 말에는 동의한다. 당신의 회사는 어떤 모습인가?

수많은 사람이 퇴근 후에 자기계발을 한다. 자격증을 따고, 외국어를 배운다. 심지어 그 짧은 점심시간에도 자기계발을 하기 위해 학원을 가는 사람도 있다. 새벽에 하는 공부는 말할 필요도 없을 정도다. 사람들은 왜 이렇게 자기계발에 혈안이 되어있을까? 많은 이유가 있겠지만, 바로 불안하기 때문이다. 스프링복처럼 이유도 모른 채 앞으로, 앞으로만 가는 것이다. 하지만 그 이후에는 무엇이 있을까? 그것이 과연 진정한 자기계발일까? 회사에 헌신하는 만큼 회사가 당신을 평생 지켜줄까?

지난 25년간 나는 직장이라는 보호막에 갇혀 있었다. 온실 속의 화초처럼 말이다. 나는 첫 직장을 은행원으로 시작했다. 주경야독으로 원하던 대학도 졸업했다. 은행을 평생직장으로 생각하며 20대의 젊은 시절을 회사를 위해 몸을 던졌다. 그러나 영원할 것 같았던 대기업이나 은행들이 1997년 IMF라는 외환위기를 맞아 추풍낙엽처럼 스러져 가기 시작했다. 경제구조가 극도로 취약해져 있는 상태에서 이전에는 겪어보지 못했던 외환위기의 소용돌이로 깊이 빨려 들어간 대재앙 같은 사건이다. 대마불사大馬不死라는 말처럼 대기업이나 은행은 평생 무너지지 않을 것 같았다. 이런 현상을 우리는 흔히 '대기업병' 이라고 한다. 이는 위기의식의 부재와 안일한 생각에서 발생했다. 전례 없는 구조조정과 대량 실업 사태 등을 겪으며 평생직장의 개념은 사라지고 평생 직업이라는 말이 생겨났다. 가장은 설 자리를 잃고 가정은 뿔뿔이 해체됐다. 집안의 대들보인 가장이 흔들리니 집에 균열이 생기고 집 전체가 붕괴하고 말았다. 바로 이 시기가 나의

인생 변곡점이 시작된 시기였다. 〈내 인생의 첫 책쓰기, 허재삼〉

미래를 준비해야 하는 이유는 바로 본인뿐만 아니라 가정을 위해서도 필수 불가결한 문제다. 현재 세대를 'N포 세대' 라고 한다. N포 세대란 사회, 경제적 압박으로 인해 연애, 결혼, 주택 구입 등 많은 것을 포기한 세대를 지칭하는 용어로 포기한 게 너무 많아 셀 수도 없다는 뜻이다. 이들은 연애, 결혼, 출산, 내 집 마련, 인간관계, 심지어 꿈과 희망까지 포기했다. 여러분은 어떤가?

나는 제주도에 살고 있다. 예쁜 배경을 두고 웨딩 촬영을 하는 남녀를 보자면 나도 자연스레 결혼을 꿈꾸게 된다. 들불 축제로 유명한 새별 오름에 갔다가 웨딩드레스를 입은 여성들을 본 적이 있다. 정말 행복해 보였다. 그런데 우연히 그들의 대화를 듣게 되었는데, 놀랍게도 비혼을 외치는 여성들이었다.

내 주위에도 결혼을 포기한 사람들이 있다. '혼자 이렇게 잘 먹고, 잘 사는데 왜 굳이 결혼해야 하냐?' 라며 오히려 나에게 되묻는다. 여러분의 생각은 어떤가? 먹고 사느라 연애를 생각할 틈도 없다는 그들을 볼 때마다 우리 사회를 다시 되돌아보게 된다. 특히 여성의 경우 힘들게 회사에 들어갔는데, 결혼한 후 임신이라도 하게 하면 바로 경력단절 여성이 될 확률이 높다. 그래서 많은 사람이 결혼을 포기한다. 그렇다. 회사는 결코 당신의 미래를 책임지지 않는다.

다시 한번 강조하고 싶다. 어떤 회사도 당신의 미래를 책임져주지 않는다. 대기업과 공무원도 결코 안전하지 않다. 정말인지 궁금하다면 주위에 대기업 다니는 친구에게 직접 물어보라. 자신의 일을 사랑한다고, 자신의 회사가 너무 좋다고 말하는 사람들은 극소수다. 그나마도 회사의 냉정한 모습에는 결국 치를 떤다. 회사에 인정을 바라서는 안 된다. 회사를 이익을 추구하는 집단이다. 그 길을 벗어나는 순간 회사는 회사가 아니게 된다.

99%의 사람이 평범한 삶을 살아간다. 부모님과 주위 사람들이 그렇게 살아가는 것을 봤고, 자신도 지금까지 그렇게 살아왔기 때문이다. 많은 사람이 그것을 당연하다고 생각한다. 그래서 꿈을 이루는 사람이 적은 게 아닐까? 하지만 세상에는 다른 길도 있다. 그 다른 길을 알려주고 싶다. 가슴 뛰는 삶을 살 수 있는 길을 말이다.

## 02:

# 아끼면 부자가 되는 줄 알았다

미국인의 신용카드 부채는 사상 최고이며, 가구당 부채는 지난 17년 동안 네 배나 늘어났습니다. 이는 일반적인 가정의 가처분소득 1달러랑 95센트가 부채인 셈입니다.

추가 수입이 필요해 일을 선택한 여성의 비율이 1980년 18%에서 오늘날 46%로 증가했습니다. 이것은 최근 20년 동안 두 배 이상 증가한 수치입니다.

월말청구서 대금을 납부하기 위해 많은 사람이 그들의 재산목록 1호인 집을 담보로 대출을 받고 있습니다.

지난 몇 년간 경기가 호황을 누렸음에도 불구하고 개인 파산은 매

년 지속적으로 증가해 2000년에는 140만 명을 기록했습니다. 〈파이프라인 우화〉

단지 미국의 이야기일까? 현재 한국의 가계부채 증가속도가 세계에서 2위라고 한다. 소득이나 자산으로 그 증가율을 따라잡을 수 있을까? 전문가들은 '아니다' 라고 말한다. 소득 증가보다 부채 증가속도가 더 빠르다고 한다. 여러분의 상황은 어떠한가?

나는 학습지 교사로 월 200만 원 정도를 벌면서 자기계발도 꾸준히 하고 있다. 미래에 하고 싶은 일을 생각하다가 통 · 번역가 자격증도 따고, 올해는 관광통역사도 준비 중이다. 시험을 준비하면서 수강료 등 아낌없이 나를 위해 투자하고 있다. 그 외에는 씀씀이가 큰 편은 아니다. 부모님과 함께 살면서 돈을 최대한 아끼고 아꼈다. 그런데 참 신기하게도 모이는 돈이 없었다. 청약저축도 하고, 나름대로 경제 서적을 읽으면서 허리띠도 졸라맸지만, 모이는 돈은 없었다. 식비라도 아껴보려고 편의점 도시락으로 저녁을 해결하기도 하고 심지어 집에서 도시락을 싸가기도 했다. 한 주도 쉬지 않고 일했는데, 명품을 산 것도 아닌데, 심지어 혼자 살고 있는데 날이 갈수록 내 통장은 왜 '텅장' 이 되어갈까?

그래도 내 재정 상태가 그런대로 괜찮다고 생각했다. 시간이 지나면 더 나아질 줄 알았다. 그러던 차에 우연히 재정전문가를 만나게 되었다. 나의 대출 상태와 텅 빈 통장과 함께 10분 정도 짧게 상담을 하려고 했다. 하지만 그날 밤에 시작된 상담은 새벽까지 이어졌다. 상태가 심각했기 때문이다.

'이대로 가면 100% 파산합니다. 내가 상담한 사람 중 가장 위험합니다.'

어느 정도의 예금이 있었고, 그때는 지출이 많았을 때라는 걸 고려했지만, 평가는 냉정했다. 결국 나는 신용카드를 잘랐다. 파산할 수는 없었기 때문이다. 정말 그렇게 아끼고 살았는데, 부자가 될 줄 알았는데, 냉정한 평가처럼 파산을 향해 가고 있었다.

연금으로 100여만 원을 받고 자신의 집도 가지고 있으며 어느 정도 예금까지 있었던 사람조차 조금씩 궁지에 몰리다 노후파산에 처하는 사례가 적지 않다는 사실을 취재 과정에서 알게 되었다.

"이런 노후가 찾아오리라고는 예상도 못 했지."

우리가 취재한 많은 고령자는 자신이 노후파산에 처하리라고는 꿈에도 생각해본 적이 없었던 사람들이다. 회사원, 농가, 자영업자 등 저마다 나름대로 노후를 준비해왔던 사람들이 "설마 내가 노후파산의 대상이 되리라고는…"이라며 망연자실한 표정을 지었다. 〈노후파산〉

이 이야기는 특별한 가난한 사람의 이야기가 아니라, 지극히 평범한 회사원이면서 평범한 인생을 살아온 사람의 이야기다. 행복한 노후를 준비하면서 열심히 살아왔는데 지금 그들은 '죽고 싶다' 라며 외치고 있다. 이 책을 보면서 남의 이야기 같지 않았다. '어쩌면 재정전문가와의 상담이 아니었다면, 나는 조금 더 빨리 파산하지 않았을까?' 라는 아찔한 생각도 하게 된다.

정말 열심히 살았는데, 내 꿈을 이루기 위해 노력하고, 직장 일을 하면서도 인생 제2막을 위해서 그렇게 노력했는데, 부자는커녕 삶은 더 팍팍해져 갔다. 그렇다. 분명 변화가 필요한 시점이었다. 왜냐하면 오늘의 내 모습은 과거에 내가 했던 선택의 결과이기 때문이다. 미래를 바꾸기 위해서는 오늘의 내가 달라져야 했다.

워런 버핏은 말한다.

'잠자는 동안에도 돈이 들어오는 방법을 찾아내지 못한다면 당신은 죽을 때까지 일해야만 할 것이다'

그렇다. 그 방법을 찾지 못하면, 죽을 때까지 일해야 할 뿐만 아니라 평생 재정적인 고통을 겪게 된다.

'어부와 사업가' 라는 제목의 이야기가 있다. 20대 시절에 큰 교훈을 얻었는데, 마지막의 대화가 일품이었던 걸로 기억한다.

"저는 사업가입니다. 제가 큰돈을 벌게 해드리겠습니다."

"그렇게 하는 데 얼마나 걸리죠?"

"한 15년 정도면 됩니다."

"그럼, 그다음에는 어떻게 되죠??"

"매년 수백만 달러를 손에 거머쥘 수 있을 겁니다."

"그다음에는 뭘 하면 되죠?"

"그다음에는 은퇴해서 여유롭게 시간을 보내면 되죠."

마지막으로 어부가 말했다.

"지금 내가 그러고 있습니다."

내가 꿈꾸던 삶이 15년 뒤가 아니라 지금 그렇게 할 수 있다는 것이 얼마나 매력적이었던지, '여유로운 삶'이 모토가 될 정도로 큰 영향을 받았던 이야기였다. 이 이야기는 수많은 각색 버전이 있을 정도로 많은 사람에게 영향을 주었다. 그런데 최근에 그 이야기에 추가된 부분을 알게 되었다.

여유로움을 누리던 어부가 늙어서 스스로 고기를 잡지 못하게 되었다. 생계가 어려워진 어부는 다른 선박 회사에 취업해서 죽을 때까지 채찍을 맞으면서 일을 했다.

나는 또다시 충격을 받았다. 평생 나의 상황이 변하지 않을 거라 믿었지만, 세상에 안정적인 것은 없다는 것을 알게 된 것이다. 그 어부가 사업가의 조언을 들었다면 이야기는 어떻게 흘러갔을까? 15년 정도만 노력했다면 그 어부는 그 분야의 전문가가 되어서 전혀 다른 모습으로 살아갈 수 있지 않았을까?

나는 아끼면 부자가 되는 줄 알았다. 현상 유지만 하면 아무 일도 없을 줄 알았다. 아마 재정전문가를 만나지 않았더라면 나는 괜찮은 줄 알았을 것이다. 그리고 파산했을 것이다. 하지만 지금 이 시점에서 '절대 그렇지 않다'라는 사실을 깨달았다. 당신도 이 사실을 깨달았으면 한다. 그때부터 변화는 시작된다.

03:

## 겉은 번듯한 교사, 실상은 빚더미

내가 그의 이름을 불러 주기 전에는
그는 다만
하나의 몸짓에 지나지 않았다

내가 그의 이름을 불러 주었을 때
그는 나에게로 와서
꽃이 되었다.

〈꽃 –김춘수〉

누군가 나의 이름을 불러 준다는 것처럼 행복한 일이 어디 있을까? 하지만 군대를 제대한 직후부터 나는 누군가 내 이름을 부르면 소스라치게 놀라야만 했다. 나는 그 목소리를 어느 퇴근하는 밤에 처음 들었다.

'황준연 씨'

누군가 내 이름을 불렀다. 자연스럽게 뒤를 돌아봤다. 건장한 남성이 재차 나의 이름을 물어봤다.

'안녕하세요? 캐피탈 채권추심팀입니다. 결제 대금을 내지 않으셨네요? 1시간이나 걸려서 왔습니다. 언제까지 돈을 내실 수 있습니까?'

그 대화를 시작으로 30분이 넘는 시간 동안 나는 알 수 없는 이야기를 들어야 했다. '기한이익상실', '법원 출석' 등등. 평생 들을 일 없던 이야기를 그날 다 듣게 되었다. 나는 왜 갑자기 3천만 원이 넘는 되는 빚을 지게 되었을까? 그 이야기는 바로 제대 직전에 만난 한 사람으로부터 시작된다.

20대 시절 나에게는 롤모델이 있었다. 그분은 보험회사에서 오래 근무하셔서일까? 언변이 뛰어나셨다. 삶에서도 큰 보범이 되는 분이었다. 그래서 그분의 말씀을 늘 잘 들었고, 어떠한 고민 상담도 언제나 명쾌하게 해답을 내려주셨다. 어느 날 그분이 나에게 부탁할 일이 있다고 하셨다.

'사인 하나만 해줬으면 한다. 차가 급하게 필요하다. 제대 후에 내가 빌린 돈과 대학교 등록금까지 해결해주겠다. 제발 부탁한다.'

군대 가기 전에 이미 700만 원을 빌려줬다. 하지만 간곡히 하는 부탁을 거절하기 힘들었다. '결제 대금을 못 내도, 피해는 절대 가지 않게 하겠다' 라는 말씀을 끝으로, 결국 같이 자동차 딜러를 만나 사인을 하게 된다. 나는 제대 후 등록금도 생기고 '이제 집만 구하면 되겠구나' 라며 행복한 상상을 했다.

그런데 언젠가부터 연락이 잘 안 되기 시작했다. 그리고 그게 마지막이었다. 700만 원은 둘째로 치더라도, 결제 대금에는 문제가 없기를 간절히 바랐다. 하지만 채권추심직원을 만나고 난 후 나의 간절한 꿈은 산산조각이 났다.

거의 2년 동안 채권추심직원에게 쫓겨 다녔다. 롯데호텔에서 일하는 동안에는 일주일에도 몇 번씩 호텔로 찾아왔다. 바로 옆에서 한참 서 있다가 몇 마디 나누고는 돌아갔다. 결국 함께 일하던 사람들이 그 사람의 정체를 알게 되고, 나는 호텔을 그만둘 수밖에 없었다.

법원 출석명령을 몇 번이나 받았는지 헤아릴 수도 없다. 긍정적인 성격이었지만, 그때부터 소심해졌다. 누군가 내 이름을 부르면 지금도 여전히 무섭다. 가끔 사무실에서 누군가 내 이름을 부르면 아직도 놀란다. 언제쯤, 이 트라우마가 사라질지 나도 잘 모르겠다.

한참의 시간이 지난 후, 그분의 연락을 받았다.

'공동명의의 차량을 나의 명의로 바꾸게 도와주면, 차를 팔고 나머지 빚도 모두 갚겠다.'

내가 할 수 있는 것은 없었다. 그저 무기력하게 기도할 수밖에 없었다. 다행히 캐피탈의 결제 대금은 모두 사라졌다. 하지만 여전히 내가 받아야 할 돈에 대해서는 한마디도 없었다. 그래도 다행이라고 생각했다. 큰 깨달음을 얻었다고 생각했다. '돈을 빌려주면, 돈도 잃고, 사람도 잃는다' 라는 깨달음 말이다.

그 이후로 내 신용 상테는 엉망이다. 그래도 오늘보다 내일은 더 낫다는 믿음으로 여전히 살아가고 있다. 가장 죄스러운 것은 어머님

께다. 시간이 훨씬 지난 뒤에 말씀해주셔서 몰랐는데, 얼마나 죄송했는지 모른다.

'엄마가 혼자 집에 있는데, 누군가 너의 이름을 부르기에 문을 열어줬더니, 덩치가 큰 남자가 집에 들어오려고 하더라. 얼마나 무서웠는지 말도 안 나오더라'

눈물이 났다. 자초지종을 듣고는 안심하셨지만, 아직도 죄송한 마음이 사라지지 않는다.

아직도 주위 사람들은 이런 일을 잘 알지 못한다. 내 얼굴에는 티가 나지 않기 때문이다. 그리고 감히 말할 수 있지만. 그 순간에도 나는 내일을 꿈꿨다. 추심당하는 그 순간에도 이렇게 생각했다.

'추심당하는 것이 이렇게 모멸감이 느껴지는 일이구나. 주위에 추심당하는 분들이 있다면 나는 위로해줄 수 있겠다. 나는 직접 당해봤으니까.'

〈하루 1시간 독서습관〉에서도 나는 실패를 다루는 방식이 삶의 차이를 만든다고 말했다.

'부모님이 이혼하면 난 어디로 가지?'

'대학교도 못 가고 뭐 먹고 살지?'

'친구들한테 뭐라고 말하지?'

'내 인생 앞으로 어떻게 하지? 낙오자로 사는 건가?'

〈하루 1시간 독서습관〉

그때 나는 며칠씩 굶기도 하며 시간을 보냈다. 하지만 과거에만 사로잡히면 앞으로 나아갈 수 없다. 시간이 모든 것을 해결해주지는 않지만, 많은 것을 해결해준다. 그때의 좌절감은 지금의 내가 봤을 때는 아주 사소하다고 할 정도로 작다. 마치 고3에게 수능이 인생의 전부인 것처럼 보이지만, 30대인 내가 봤을 때 수능 시험은 그저 한 과정이었을 뿐이다. 당신은 어떤가? 과거에 도저히 극복할 수 없다고 생각했던 일이었지만 지금은 기억도 잘 안 나는 일이 있는가? 지금 혹시 그런 일을 겪고 있는가? 당신은 왜 다시 일어서지 못하는가?

당신의 문제가 사소하다고 말하는 것은 절대 아니다. 나도 지금 내 앞에 서 있는 장벽이 참 높다. 분명히 당신의 문제도 그럴 것이다. 하지만 중요한 것은 실패한 그다음이다. 아마 내가 좌절감과 모멸감으로 살았다면 나는 작가와 강연가로 다시 태어나지 못했을 것이다.

이렇게 행복한 삶을 경험하지 못했을 것이다. 당신도 한 발자국만, 단 한 발자국만 내디뎠으면 한다. 물론 문제가 해결되는 것은 아니다. 하지만 고민을 많이 한다고 꼭 문제가 해결되는 것은 아니다. 기억하라. 아무것도 하지 않으면, 아무 일도 일어나지 않는다.

04 :

## 나는 더 이상 남이 정해준 대로 살지 않기로 했다

"여러분의 시간은 한정되어 있습니다. 다른 사람의 삶을 살면서, 시간을 낭비하지 마십시오. 다른 사람들의 생각과 지나간 고정관념에 빠지지 마세요. 다른 사람들이 어떤 이야기를 하든 여러분 내면의 목소리를 기억하세요. 가장 중요한 것은, 용기를 가지고 하고 싶은 일을 하는 것이다. 여러분의 마음은 이미 당신이 진정으로 되고자 하는 것이 무엇인지 알고 있을 것입니다. (중략…)현실에 안주하지 마십시오. 그리고 무모한 결정을 내리는 것을 두려워하지 마십시오." 〈스티브 잡스 스탠포드 졸업 연설〉

스티브 잡스의 스탠포드 졸업 연설 중 일부다. 모든 말을 옮겨 적고 싶을 정도로 명문장이 가득하다. 그중에서 내 마음을 가장 뜨겁게 해준 것은 바로 위의 문장이다. 많은 사람이 넓은 길을 가려고 한다. 자신이 혹시나 잘못된 선택을 할까 노심초사한다. 점심 메뉴 고를 때도, 결정 장애라도 걸린 것처럼 남의 의사를 먼저 물어본다. '아무거나' 라는 메뉴가 나왔을 정도다.

내가 정말 원하는 것이 아닌, 남들이 많이 선택하는 즉 안전하고 넓은 길을 선택하려고 한다. 여러분은 어떤가? 지금 당신의 삶이 순전히 여러분이 선택한 결과인가? 내면의 소리를 따라온 결과인가?

주위의 많은 사람이 '사는 게 재미없다' 라고 말한다. 바로 자신의 삶을 살고 있지 않기 때문이다. 나는 게임을 좋아했다. 지금도 가끔 게임을 한다. 시간이 어떻게 가는 지 모를 정도로 게임에 푹 빠진다. 그런데 어느 날 친척과 게임을 하는데 계속 하품이 나왔다. '마인크래프트' 라는 게임이었는데, 재미가 없었다. 억지로 하고 있었기 때문이다. 친척 때문에 어쩔 수 없이 하다 보니, 아무리 좋아하는 게임조차 하품이 나오는 것이었다.

삶도 마찬가지라고 생각한다. 자신이 원하는 삶을 쫓아가는 사람에게는 삶이 지겨울 틈이 없다. 삶이 늘 새롭기 때문이다.

최근까지도 남이 원하는 대로 살았다. 정확히 말한다면, 다른 사람들이 '대세' 라고 말하는 것만 하고 살았다. 하지만 하루하루가 너무 지겨웠다. 내면의 소리를 무시하고, 남들과 똑같이 살았다. 그래야 할 것 같았다. 하지만 그 결과는 허무함이었다.

많은 사람이 기존의 습관에 얽매이거나 편견, 오해로 인해 미래의 비전을 제대로 알아보지 못하는 현실에 가슴이 아팠습니다. 많은 사람이 물통을 나르며 사는 것을 당연시하는 세상에서 파이프라인의 꿈을 이루는 것은 쉽지 않은 일입니다. 어쩌면 그래서 그 꿈을 이루는 사람이 극소수에 불과한 것인지도 모릅니다. 〈파이프라인 우화〉

수많은 사람이 직장에 다니는 것을 당연히 생각한다. 다른 누군가가 새로운 길을 제시하면 당연히 거부한다. 왜냐하면, 주위의 수많은 사람이 평범하게 살아가기 때문이다. 그들의 부모가 평범하게 사는 모습을 지켜봤기 때문에, 그 고정관념의 벽을 깨지 못한다. 하지만 이 고정관념을 깨야 한다. 의외로 주위의 평가나 전문가들의 말이 틀렸을지도 모른다.

예전에 과학자들은 다음과 같이 주장했다고 한다.

'인간은 절대 4분 안에 1마일(약 1.6km)을 돌파할 수 없다. 인간이

만약 1마일을 4분 안에 돌파하게 되면 심장이 견디지 못하고 파열할 것이다'

당시의 전문가들은 이구동성으로 이 사실을 주장했고, 이 주장은 지난 수천 년 동안 이어져 온 믿음 즉 고정관념이었다. 하지만 그 고정관념에 도전장을 내민 선수가 있었는데 바로 로저 배니스터였다. 그는 호기롭게 그 마의 벽을 허문다. 재미있는 건 그다음이다. 한 달 뒤에 10명이, 1년 후에 37명, 2년 후에는 300명이 넘는 선수들이 마의 벽을 돌파한 것이다. 바로 고정관념을 깬 것이다.

사실 1마일을 4분 안에 주파하기가 쉽지는 않다. 그래서 많은 사람이 지레 겁먹고 도전하지 못했을 것이다. 거기다 수많은 전문가가 과학적인 근거를 대면서 말하는데 당연히 '그렇구나' 라며 생각하지 않았을까? 하지만 그 마의 벽이 깨진 후 사람들은 말한다.

'꾸준히 연습하면 가능하다.'

당신은 당신의 꿈을 이뤘는가? 혹은 당신의 꿈을 이루며 오늘도 살아가고 있는가? 혹은 꿈이 무엇인지도 잊으며 살고 있는가? 주위 사람들에게 꿈을 물어보면 다음과 같은 대답이 가장 많았다.

'꿈이 뭔지도 기억나지 않는다. 그리고 어떻게 하고 싶은 대로만 해서 사냐?'

당신은 어떤가? 정말 하고 싶은 대로는 살 수 없다고 생각하는가? 물론 삶이 계획대로만 흘러가지는 않는다. 하지만 로저 배니스터처럼 자신의 한계를 깨고, 자신이 원하는 대로 살아가는 사람도 많다. 다만 우리가 알지 못할 뿐이다.

앞서 말했듯이 나는 완전히 남을 위해 살았다. 남을 위해 내 인생을 살았다. '어쩔 수 없다고, 누구나 다 이렇게 살잖아' 라며 자기 합리화를 하며 그렇게 살았다. 하지만 나는 하루 1시간 독서를 통해서 내 생각이, 그 고정관념이 얼마나 잘못되었는지 깨달았다. 나보다 훨씬 힘든 환경에서 태어났지만, 그 환경을 넘어서서 더 나은 사람이 되는 것을 지켜봤고, 다른 사람에게 '당신도 할 수 있습니다' 라고 외치는 모습을 보며 나는 전율을 느꼈다. 그리고 그렇게 살고 싶었다. 그래서 나는 작가가 되기로 했다.

당신이 정말 하고 싶은 무엇인가? 진짜로 원하는 것은 무엇인가? 시간과 돈이 충분하다면 어떤 일을 하고 싶은가? 그리고 왜 지금 못 하는가? 현실에 안주한다는 것은 다른 사람의 삶을 사는 것이다. 즉 당신의 인생을 허비하는 것이다. 만약 당신이 시한부 인생이라면 어떻게 살 것인가? 오늘의 선택이 그리고 내일의 선택이 조금은 달라지지 않을까? 스티브 잡스는 늘 거울을 보며 자신에게 묻는다고 한다.

'오늘이 내 인생의 마지막 날이라면 지금 하려고 하는 일을 할 것인가?'

그리고 여러 날 동안 대답이 '아니다' 라고 나오면 다른 일을 할 때임을 깨닫는다고 한다. 인생에서 중요한 결정을 내릴 때마다 스티브 잡스는 '내가 곧 죽는다' 라고 생각했다고 한다. 그래서 남과는 다른, 자신만의 독특한 삶을 살 수 있었던 것은 아닐까?

당신은 지금 행복한가? 당신의 가치에 따라 당신은 행복한가? 만약 당신의 가치대로 산다면 당신은 행복할 것이다. 하지만 남이 정해준 대로 살아간다면 당신은 종국에 허무함을 느낄 것이다. 내 인생이 당연히 내 것이야 하지만, 최근 사람들을 보면 그런 생각이 들지 않는다. 누군가가 만들어놓은 틀에 맞춰서 억지로 살아간다는 생각은 나만의 느낌일까? 마지막에 할 말은 다음과 같을 것이다.

'나는 겨우 이 정도였구나. 삶에 잡아먹혔구나'

나는 하루를 살더라도 내가 원하는 대로, 내가 말하는 대로 살 것이다. 그것이 행복으로 가는 길이기 때문이다. 99%가 말하는 삶이 아니라, 1%의 사람들이 가는 길로 같이 가자. 물론 주위 사람들이 뜯어말릴 것이다. 하지만 중요한 것은 당신의 마음이다. 조용히 마음의 소리에 귀를 기울여보자. 그리고 그 소리대로 살아가자.

05:

## 미래가 불안하다면 책부터 써라

'회사는 전쟁터이지만, 밖은 지옥이다'

드라마 〈미생〉에서 나온 대사 중 일부다. 직장인들은 미래를 불안해하면서 자기계발에 열을 올린다. 화려한 이직을 꿈꾸거나 혹은 퇴직금으로 작은 가게를 하나 장만하고 소소하게 사는 행복을 꿈꾼다.

우리 집 앞에 있는 가게가 생각난다. 그 가게는 아주 유명하다. 맛집이라서가 아니라, 가게 상호가 늘 바뀌기 때문이다. 그것도 이름 있는 업체지만, 몇 달을 넘기지 못한다.

많은 실패 끝에 책이 시키는 대로 해서, 연 매출 10억을 이룬 고명환 작가는 조언한다.

‘프랜차이즈 사업은 한 번 더 고민해보라’

왜냐하면 사업은 가게를 그냥 열고 닫는 간단한 문제가 아니기 때문이다. 손해가 막심하다. 실제로 창업 후 3년 동안의 생존율이 30%도 안 된다고 한다.

또 전 세계에 출시되는 신상품의 2%만이 손익분기점을 넘긴다고 한다. 즉 98%가 실패한다는 뜻이다. 기업은 천문학적인 비용을 들여서 어떤 제품을 만들지 고심한다. 하지만 그 결과는 겨우 2%인 것이다.

여러분이 창업하면 과연 30%에 들어갈 수 있을까? 또 그 30%가 모두 돈을 잘 번다고 말하기도 어렵다. 수많은 사람이 자신은 다를 것으로 생각한다. 하지만 순간의 잘못된 선택이 자신과 자신의 가정까지 위협한다는 사실을 기억했으면 한다.

실제로 많은 사람이 이도 저도 못 해서 회사에 매여 있다. 이직하려니 미래가 불안하고, 자영업을 하려고 해도 역시 미래가 불안하다. ‘잘 되겠지’ 라고 생각했다가 돌이킬 수 없는 선택을 할 수도 있다. 심지어 천천히 승진하는 경우도 있다고 한다. 바로 가늘고 길게 가기 위해서다. 무엇을 선택하든 리스크가 너무 크기 때문에 오히려 수동적으로 회사 생활을 하는 것이다.

내 인생은 왜 이렇게 불행한 거야!

내가 매일 아침 늘 되새겼던 말이었다. 모든 일에는 다 이유가 있다는데, 내 삶은 늘 바닥으로 치닫고 있는 것 같았다. 하루하루 밤늦게까지 일했지만 돌아오는 보상은 늘 부족했다. 많은 사람이 자신의 신세를 한탄한다. 그리고 '내일은 달라질 거야!' 라고 외치지만, 그렇지 않다는 것을 자신조차 잘 알고 있다. 왜냐하면 오늘 내가 이렇게 사는 것은, 모두 과거의 내가 한 선택임을 알고 있기 때문이다. 그렇지 않은가? 극적인 변화를 위해서 이직을 하고, 투잡, 쓰리잡을 하기도 하지만, 삶은 크게 바뀌지 않는다. '시간이 지나면 나아지겠지' 라고 생각하지만, 시간은 해결사가 아니다. 결국엔 당신이 변해야 세상이 변한다.

내가 변화를 위해 선택한 것은 바로 책이었다. 비교적 짧은 시간에 성공한 사람과 실패한 사람을 만나고, 그 사람들의 경험과 지혜를 고스란히 내 것으로 흡수할 수 있었다. 그렇기 때문에 워런 버핏은 자신 있게 말하는 것이다.

"당신의 인생을 가장 짧은 시간에 가장 위대하게 바꿔줄 방법은 무엇인가?
당신은 결코 독서보다 더 좋은 방법을 찾을 수 없을 것이다." 〈워런 버핏 Warren Buffett〉

1년 동안 독서를 하면서 나는 수많은 사람을 만났다. 그리고 성공의 비결도 알게 된다. 바로 '성공한 사람을 따라 하면 나도 성공한다' 라는 것이었다. 그래서 나는 더욱 독서에 빠졌다.

불안한 미래에 창업 대신 무엇을 하면 좋을까? 책쓰기를 강력하게 추천하고 싶다. 창업에는 엄청난 돈이 든다. 하지만 책쓰기는 무료다. 심지어 출간 계약이 된다면 계약금과 정기적으로 인세까지 받게 된다. 칼럼 기고와 강연은 그다음 순서가 될 것이다. 전문가로 다시 태어나는 것이다. 물론 책쓰기 코칭을 받는다면 좀 더 빠르게 갈 수도 있지만, 선택사항일 뿐이다. 실제로 독학해서 책을 낸 분도 적지 않다.

나는 책으로 아침을 열고, 1분의 여유시간에도 책을 펴고, 또 책으로 하루를 마무리했다. 책의 밑줄이 늘어나고, 메모가 늘어났나. 그러던 어느 순간 나는 책을 쓰고 싶다고 생각하게 된다.

나는 독서를 꾸준히 했다. 하루에 최소 1권씩 읽었으므로 아마 1,000권 정도는 읽었을 것이다. 1,000권 정도 읽으면 사람이 변한다는데 정말 나는 몸소 그 사실을 느꼈다.

책에서 미음을 울리는 한 구절을 보면 나도 모르게 타이핑을 치기 시작했다. 타이핑을 칠 수 없을 때는 음성 메모를 했다. 그리고 그 자료들을 모으기 시작했다. 얼마 전에 확인해보니 어느새 24GB가 되었다. 종류도 다양하다. 독서가 특히 많았다. 그래서 첫 번째 책을 쓰는 데 큰 무리가 없었다. 인풋이 그만큼 있었기 때문에, 아웃풋은 어렵지 않았다. 이것은 여러분에게 마찬가지다. 왜냐하면, 내가 할 수 있다는 것은 여러분도 할 수 있다는 것이기 때문이다. 그렇게 나는 독서 전문가와 작가라는 이름으로 다시 태어났다.

여기서 중요한 것은 회사 생활과 병행했으면 한다는 것이다. 물론 직장을 다니면서 책을 쓰기란 정말 쉽지 않다. 나는 거의 1년째 그런 생활을 하고 있지만, 정말 쉽지 않다는 것을 느낀다. 하지만 퇴사를 했다면, 나는 결국 나의 책을 완성하지 못했을 것이다. 생활고를 이길 수가 없었을 것이기 때문이다. 결국엔 작가라는 꿈은 포기했을 것이다. 회사 밖은 정말 지옥이기 때문이다.

하지만 충분히 준비하고 나간다면, 준비된 퇴사라면 나는 추천하고 싶다. 투잡, 쓰리잡보다는 책쓰기로 새로운 삶을 도전해보는 게 어떨까? 평범한 직장인이 책을 써서 인생을 바꾼 경우가 적지 않다. 최소 지금보다 더 나은 삶을 살 수 있다. 늘 시간이 없다며, 나는 안 된다며 도전조차 하지 않을 것인가?

세상은 전문가를 원한다. 책을 쓰면서 그 전문가가 될 수 있다. 당신이 몸담고 있는 분야 혹은 당신이 원하는 분야라도 지금부터 조금씩 도전해보면 어떨까? 책은 자신의 전문성을 객관적으로 입증해 보일 수 있는 최고의 방법이다. 자신만의 노하우나 전문성까지 담긴다면 수많은 사람이 당신을 기억할 것이다.

불안한 미래이지만, 전문가는 대접받는다. 오히려 전문가는 강연을 거절해야 할 정도로 수많은 자리에 초대를 받는다. 호랑이는 죽어서 가죽을 남기고, 사람은 죽어서 이름을 남긴다 '고 한다. 당신도 당신의 이름을 다른 사람들에게 남기고 싶지 않은가? 심지어 살아있을 때도 가능하다. 한 권의 책이 바로 당신의 브랜드가 된다. 미래가 불안한가? 준비하는 자에게는 미래가 불안하지 않을 것이다. 나와 함께 최고의 자기계발을 해보지 않겠는가? 당신 이름으로 된 책을 같이 써보지 않겠는가?

06:

## 책쓰기가 최고의 자기계발이다

많은 직장인이 미래를 위해 자기계발을 한다. 주말에도 공부하고 도움이 되는 자격증을 딴다. 심지어 평일 새벽과 점심시간에도 공부한다. 이들은 왜 이렇게 열심히 자기계발을 하는 것일까? 바로 불안하기 때문이다. 알 수 없는 미래가 두렵기 때문이다. 하지만 평생 안정적인 자격증이나 기술이 있을까? 토익만 공부하면 내 몸값이 평생 올라갈까? 아니다. 새로운 돌파구를 찾아야만 한다. 난 그것이 바로 '독서'라고 확신한다. 〈하루 1시간 독서습관〉

난 지금도 하루에 한 권씩 책을 읽고 있다. 하루에 독서 하는 시간이 최소 3시간이다. 그 시간이 없었다면 나는 첫 번째 책을 쓸 생각도 못 했을 것이고, 그저 평범한 직장인으로 평생 살아갔을 것이다. 하지만 책을 만나면서 나의 삶은 송두리째 바뀌었다. 아무것도 없는 나도 지금 당장 무엇인가 할 수 있었다. 책의 메시지는 한결같았다.

'내가 할 수 있다는 것은 여러분도 할 수 있다는 것입니다.'

한 권의 책을 쓰기 위해서 몇 권의 책이 필요할까? 많은 책에서 100권 정도를 이야기한다. 실제로 10권만 잘 읽어도 그 분야에서 준 전문가가 소리를 듣는다고 한다. 책 한 권에도 몇 년의 지식과 지혜가 가득 담겨있는데, 그런 책을 10권을 읽었다면 얼마나 다양한 지식과 지혜를 가질 수 있을까? 그것도 손쉽게 말이다. 그래서 독서가 최고의 자기계발이 되는 것이다. 그런데 책을 쓰면 어떻게 될까? 읽은 책의 지식과 지혜를 아는 것만으로도 대단한데, 나의 것으로 만들어서 책을 쓴다면 어떤 일이 생길까?

흔히 그 분야의 자격증 및 학위가 있는 사람을 전문가라고 한다. 그래서 수많은 사람이 자격증을 따고 대학원에 다닌다. 하지만 이제 석사와 박사는 너무 흔한 이름이 되었다. 심지어 고학력이기 때문에 오히려 취업에도 불리하다고 한다. 많은 시간과 돈을 투자했지만, 그 결과는 그다지 좋지 않다. 하지만 그 시간을 들여서 책을 쓰면 어떤 일이 생길까?

말했던 것처럼 한 권의 책을 쓰기 위해서는 수십에서 수백 권의 책이 필요하다. 책 한 권으로도 사람이 바뀌는데, 그런 책을 100권 정도 읽는다면 어떤 일이 생길까? 당연히 이전과는 다른 사람이 되지 않을까? 한 분야의 책을 100권 정도 읽으면 그 분야의 전문가가 된다. 100명의 전문가와 함께 시간을 보냈는데, 전문가가 되지 않을 수가 있을까?

독서와 관련된 책을 쓰면서도 생각했다.

'전문가가 아닌데, 이런 책을 쓸 수 있을까?'

하지만 독서에 관한 책만 100권을 넘게 읽으면서, 나는 정말 많은 것을 깨달았다. 그리고 좀 더 쉽게, 누구나 이해할 수 있는 언어로 책을 쓰고 싶었다. 그렇게 7개월 만에 내 책은 탄생하게 된다. 정말 행복했던 것이 지인들의 축하도 있었겠지만. 지인들이 처음으로 독서를 했다는 소식을 들었기 때문이다.

'내 평생 처음으로 책을 읽었다.'

그런 연락이 올 때마다 나는 꼭 다음과 같이 말한다.

'제가 방법을 알려 드릴 테니까, 책을 꼭 써보세요. 누구나 할 수 있어요. 정말 새로운 세상이 열려요'

하지만 안타깝게도 대답은 늘 한결같다.

'내가 무슨 책을 쓰겠어. 시간도 없고, 이렇게 읽는 것만으로도 만족할게'

첫 번째 책을 쓰면서도 사람들에게 '독서 하세요.' 라고 말하면 대부분의 사람이 '시간이 없다, 읽을 필요성을 못 느끼겠다' 라며 이야기했다. 하지만 그때 함께 독서를 했다면 그 사람의 삶이 얼마나 바뀌었을까?

두 번째 책을 쓰면서 '책 한번 내보세요' 라고 말하면 역시 비슷한 대답이 돌아올 때마다 답답함을 느낀다. 지금도 함께 책을 쓴다면 그 사람의 삶이 얼마나 바뀔 수 있을까?

사실 책을 내든지, 안 내든지 중요하지 않다. 그 과정에서 얻는 경험치가 결코 적지 않기 때문이다. 당신이 부러워하는 그 사람은 단지 먼저 시작했을 뿐이다. '나는 안 될 거야' 라고 생각하지 않고, 그저 먼저 발걸음을 옮겼던 사람이다. 지금 아니면 언제 하겠는가? 지금 당장 책을 써보지 않겠는가?

한 가지 주제로 한 권의 책을 써낼 수 있다는 것은 그 분야에 대한 문제 해결 경험과 통찰, 혜안이 있다는 의미다. 그러므로 책을 통해 세상에 소개되는 이들은 우리가 그토록 찾아 헤매는 '진짜 전문가'다. (중략…)당신은 10년 이상 한 분야에서 지식과 경험을 쌓은 현장 전문가인가? 그렇다면 누군가의 중대한 문제를 해결할 수 있는 능력을 갖춘 것이다. 다만 이것이 세상이 드러나지 않았을 뿐이다. 만약 당신이 오랜 직장 생활을 통해 체화된 암묵지와 통찰이 있으면 꼭 한 권의 책을 써라. 회사의 타이틀이 없이도 당신의 지식과 경험을 필요로 하는 누군가가 연락을 해올 것이다. 〈이젠, 책쓰기다〉

사실 10년 이상의 경험이 필요 없을 수도 있다. 내가 독서 전문가가 아니었던 것처럼 말이다. 내가 7개월 만에 책을 낸 것처럼, 당신도 생각보다 빨리 책을 쓸 수도 있다. 당신이 좋아하는 일이라면, 그 분야의 전문가라면 할 말이 많지 않겠는가? 혹시나 경험이 짧다면 독서가 그 시간을 줄여줄 수 있다. 시간과 장소에 상관없이 최고의 간접경험을 할 수 있기 때문이다. 물론 직접 겪은 경험이 최고로 좋겠지만, 책으로도 충분히 경험을 쌓을 수 있다. 무엇보다 세상은 당신의 이야기를 기다리고 있다. 그리고 이 사실을 꼭 기억했으면 한다.

'전문가가 책을 쓰는 것이 아니라, 책을 쓰면 전문가가 된다'

평범한 주부도 책을 쓰면 전문가가 된다. 평범한 직장인도 책을 쓰면 전문가가 된다. 나도 독서를 그냥 좋아하기만 했다. 하지만 책을 쓰면서 전문가가 되었다. 당신도 마찬가지다. 책을 쓰면 전문가가 될 수밖에 없다. 〈생활의 달인〉이라는 프로그램을 기억하는가? 달인들은 잘하려고, 혹은 전문가가 되려고 그 일을 한 것은 아니었다. 하지만 시간이 쌓이면서 전문가가 되었다. 유튜브에서 '생활의 달인'이라는 글자만 쳐보라. 우리나라뿐만 아니라 전 세계의 달인을 만날 수 있다. 기계보다 더 정확하게 움직이는 달인의 손을 보면 헛웃음밖에 나오지 않을 정도다. 하지만 달인들의 답변은 어쩌면 그렇게 한결같을까?

'먹고 살려고 하다 보니 자연스럽게 되네요'

어떤 일은 규칙적으로 하다 보니 자신도 모르게 그렇게 된 것이나. 한결같은 달인들의 답변을 들으면 나는 무라카미 하루키가 생각났다. 전 세계적인 팬을 보유하고 있는 무라카미 하루키의 글쓰기 비법은 무엇일까?

하루 200장 원고지 20매씩 씁니다. 좀 더 쓰고 싶더라도 20매 정도에서 딱 멈추고 오늘은 뭔가 좀 안 된다 싶어도 어떻게든 노력해서 20매까지는 씁니다. 글을 쓴다는 것은 결국 마라톤입니다. 자신의 페이스를 유지해야 합니다. 〈직업으로서의 소설가〉

무라카미 하루키가 전 세계적인 소설가가 될 수밖에 없는 이유는 꾸준함이다. 그리고 이 사실은 당신에게도 마찬가지다. 말했듯이 책쓰기는 최고의 자기계발이다. 흔한 자격증과 학위에 시간과 돈을 쓰지 말고, 오늘부터 한 권의 책을 쓰면 어떨까? 책을 쓰기 전에는 평범한 직장인이지만, 책을 쓰고 난 후에는 당신도 메신저의 삶을 살게 된다. 당신의 경험과 지식이 많은 사람에게 선한 영향력을 미치게 될 것이다. 많은 사람이 책쓰기에 대한 두려움을 가지고 있다. 하지만 누구나 자신의 책을 쓸 수 있다. 이제 당신의 차례다.

## 07:

# 평생 직장은 없어도 평생 직업은 있다

나의 주위에는 직장인이 많다. 그리고 그중 대다수는 하루하루를 지겨워한다. 주말과 월급날만 기다리며 힘겹게 하루를 버티고 있다. 그리고 습관처럼 말한다.

'아! 그만두고 싶다. 진짜 지겹다.'

당신은 어떤가? 하루하루 가슴이 뛰는가? 출근하는 월요일이 기다려지는가? 아니면 쉴 수 있는 주말이 기다려지는가? 충분한 돈이 있다면 지금 다니는 회사를 계속 다닐 것인가? 아니면 당장 때려치울 것인가?

많은 사람이 평생직장은 없다는 것을 알고 있다. 하지만 자신이 다니는 직장을 마치 평생 다닐 것처럼 생각하는 사람이 많다. 아무 준비 없이, 그저 내일도 오늘 같은 거라는 막연한 기대로 살아간다. 하지만 그 막연한 기대는 어느 날 비수로 변한다.

실제로 고용의 불확실성이 날로 높아지고 있다. 그리고 경제 상황 악화 등으로 회사가 도산 및 파산하는 경우도 많다. 이제는 취업을 어떻게 해야 하는지 뿐만 아니라 퇴사를 어떻게 할지도 중요한 문제가 되었다. 그래서 퇴사와 관련된 책이 지금도 늘어나고 있다. 당신은 퇴사 준비가 되어있는가?

37세부터 출세해 3년 동안 운전기사가 딸린 가장 승용차를 타고 다녔습니다. TV 출연도 여러 번 했죠. 하지만 그게 무슨 소용입니까? 홀로서고는 누군가 나를 우러러 봐주기를 바라는 것은 오산입니다. 사회에 나오면 그 모든 배경이 물거품처럼 사라지기 때문이죠. 조직을 떠나 1년은 택시 한번 타본 적이 없습니다. 마을버스와 지하철을 타고 강연을 다녔습니다. 당시 저의 강연료는 고작 30만 원 이었어요. 인생을 바닥부터 다시 포맷하자고 굳은 결심을 했습니다. 새로운 공병호로 다시 태어나기로 결심했죠. 〈공병호 대한민국의 성장통〉

공병호 박사는 치열한 노력 끝에 우리나라 최고의 1인 기업가가 되었고, 한 회 강연에 200~300만 원을 받는 전문가가 되었다. 심지어 '공병호 아카데미'를 통한 하루 수입만 1,000만 원이라고 한다. 하지만 그의 삶이 편하기만 한 것은 아니다. 지금도 연휴가 되면 하루에 10시간씩 책상 앞에 앉아 일한다고 한다.

그의 삶을 보면서 나의 앞에 펼쳐질 1인 기업가의 삶에 대해 생각해봤다. 장밋빛 미래만을 꿈꿨는데, 그 속에 담긴 철저한 자기관리를 보면서 많은 반성을 했다. 마치 백조가 우아해 보이지만, 보이지 않는 곳에서 열심히 물갈퀴를 움직이기에 물 위에 떠 있을 수 있다는 사실이 생각났다. 당신의 삶은 어떤가? 날마다 성장하지 않으면, 언제든지 대체 가능한 사람이 되고 말 것이다. 매일 1%만 성장하면 어떨까? 당신은 방금 '겨우 1%'라며 코웃음 쳤을지 모른다. 하지만 장기적으로 볼 때 그 1%는 대단하다.

수학적으로 생각해보자. 1년 동안 매일 1퍼센트씩 성장한다면 나중에 처음 그 일을 했을 때보다 37배 더 나아져 있을 것이다. 반대로 1년 동안 매일 1퍼센트씩 퇴보한다면 그 능력은 거의 제로가 되어있을 것이다. 처음에는 작은 성과나 후퇴였을지라도 나중에는 엄청난 성과나 후퇴로 나타난다.

습관은 복리로 작용한다. 돈이 복리로 불어나듯이 습관도 반복되면서 그 결과로 곱절로 불어난다. 어느 날 어느 순간에는 아주 작은 차이여도, 몇 달 몇 년이 지나면 그 영향력은 어마어마해질 수 있다. 2년, 5년, 10년 후를 생각해보라. 좋은 습관의 힘과 나쁜 습관의 대가는 현저한 차이를 드러낼 것이다. 〈아주 작은 습관의 힘〉

사람들은 작은 변화를 무시한다. 방금 당신이 '겨우 1%로 뭐가 그렇게 바뀌겠어?' 라며 무시했듯이 말이다. 하지만 수많은 책에서 1%의 힘에 대해서 말해준다. 일상의 습관을 아주 조금의 변화만 줘도, 당신의 인생은 전혀 다른 모습이 될 수도 있다.

의사의 자녀가 의사가 되고, 법조인의 자녀가 법조인이 되는 일이 흔하다. 의사가 되기가 쉽지 않고, 마찬가지로 법조인이 되기도 쉽지 않은 일인데, 어떻게 가능한 걸까? 나는 가장 가까운 곳에서 그 모습을 봤기 때문이라고 생각한다. 그래서 짐 론은 다음과 같이 말했던 것 같다.

'당신이 가장 시간을 함께 많이 보내는 다섯 명의 평균을 낸 것이 당신이다' 〈짐론〉

인생 제2막을 준비하는 당신에게도 꼭 필요한 말이다. 당신은 지금 어떤 사람들과 많은 시간을 보내는가? 눈을 감고 다섯 사람을 떠올려보라. 그 사람들의 평균이 바로 당신일 확률이 높다.

내가 작가가 되기 전에 어떤 사람들과 가장 많은 시간을 보냈는지 생각해봤다. 함께 작가를 꿈꾸는 사람 그리고 책과 가장 많은 시간을 보냈다. 돌아보면 작가가 되는 것이 당연하다고 생각될 정도로 많은 책을 읽었다. 하지만 읽기만 했다면 나에게 큰 변화는 없었을 것이다. '나의 책을 쓰고 싶다' 라는 간절한 마음과 책 쓰는 방법을 알고 난 후 내 인생은 바뀌게 된다.

좋은 책이란 무엇일까? 일본에서 최초로 '출판 프로듀서' 라는 직업을 가진 요시다 히로시도 그 개념이 궁금했던지 100명의 사람에게 그 물음을 보냈다. 하지만 그 대답이 얼마나 다양했던지 결국 '좋은 책' 이라는 명확한 정의를 내리지 못했다고 한다. 당신은 어떤 책이 좋은 책이라고 생각하는가?

우연히 김민식 작가에게 그 대답을 들을 기회가 있었다.

'"이 정도는 나도 할 수 있겠는데?"라는 생각이 들게 하는 책이 좋

은 책입니다.'

나도 생각이 같다. 누군가 내 책을 보면서 '독서, 나도 할 수 있겠는데?' 라는 생각이 들기를 그리고 이 책을 읽으면서는 '작가, 나도 할 수 있겠는데?' 라는 생각이 들었으면 한다. 당신이 어떠한 분야에서, 어떤 일을 하든 당신의 이름으로 된 책은 당신의 경쟁력이 될 것이기 때문이다.

공병호 박사의 이야기처럼 직장에서 아무리 승진한다 해도 그때뿐이다. 사회로 나오는 순간 모든 것은 거품처럼 사라진다. 그때 준비하면 늦다. 지금부터 천천히 준비해야 한다. 그래야 두려움 없이 그때를 맞이할 수 있다. 다시 한번 강조하고 싶다. 평생직장은 없다. 하지만 평생 직업은 있다.

당신은 무엇을 하고 싶은가? 무엇을 할 때 행복한가? 무엇을 평생 하면서 살고 싶은가? 있다면 평일 저녁 그리고 주말에 그 일을 위해 투자했으면 한다. 1만 시간의 법칙이 틀렸다고 하지만 그 원리까지 틀린 것은 아니다. 결국엔 시간을 투자해야만 그 분야의 전문가가 된다는 사실은 틀림없다.

성공한 사람들에게는 공통점이 있다. 바로 즉각적인 실천이다.

빠른 실천은 습관이 되고, 그 습관이 그 사람의 인생을 바꾼다. 〈브라이언 트레이시〉

누구에게도 평생직장은 없다. 하지만 평생 직업은 있다. 그리고 그 답은 오직 본인만이 알 수 있다. 생각만 해도 가슴이 뛰고, 당장 달려가고 싶은 그런 일을 가졌으면 좋겠다. 2만 개가 넘는 직업 중에 나를 행복하게 하는 일이 하나 없을까? 인생은 속도가 아니라 방향이다. 열심히 달리기보다 지금은 방향을 다시 한번 설정하자. 천천히 해도 결코 늦지 않다.

## 08:

# 세상은 당신의 스토리를 기다린다

제가 기획했던 책의 작가 중 가장 나이가 어린 사람은 만으로 14살짜리 소녀였습니다. 어느 날 중학교 2학년인 한 소녀가 이런 생각을 떠올렸습니다.

'정치란 무엇일까? 더 알기 쉽게 풀어서 설명할 수 없을까? 내가 정치인들을 직접 인터뷰하여 대답을 들어봐야겠다!'

소녀는 주위 어른들에게 자신의 생각을 말했는데요. 모두가 "말도 안 되는 생각이야. 그런 꿈 같은 이야기는 그만두려무나" 하며 반대할 뿐이었습니다. 〈책을 내고 싶은 사람들의 교과서〉

이 소녀가 과연 책을 낼 수 있었을까? 6개월 후 소녀의 이야기는 세상에 나왔다. 심지어 5만 부나 팔렸다. 지극히 평범했던 한 소녀는 하루아침에 베스트셀러 작가가 되었다.

아마 당신이 '나도 내 책을 쓸 거야.' 라고 말하면 주위 사람들이 말릴 것이다. 말리기만 하면 다행이지만, 적극적으로 반대할 것이다. 나도 그랬다. 원색적인 비난까지 들었다.

'네가 무슨 책을 쓰냐? 아무도 읽지 않을걸? 책은 아무나 쓰냐? 나도 작가 하겠네?'

이럴 때는 상대방을 무시하는 지혜가 필요하다. 대부분의 사람이 해보지도 않고 포기한다. 그래서 다른 사람까지 포기하게 만든다.

혹시 하루에 몇 권의 책이 나오는지 아는가? 무려 200 여권이라고 한다. 재미있는 사실은 기존 작가보다 평범한 사람들이 쓴 책이 부쩍 늘었다는 사실이다. 집 근처에 서점이 있다면 한번 쭉 둘러보라. 당신처럼 평범한 직장인이 쓴 책이 수두룩할 것이다. 당신이라고 못할 이유는 무엇인가?

그의 책에서는 편의점 아르바이트와 공부를 병행하다 결국 편의점 사장이 된 청년, 회사에서 승진한 날 아내와 어머니에게 어떻게 소식을 전해야 더 기뻐할지 고민하는 가장, 어버이날을 맞아 평소 대화가 없던 아버지와 처음 단둘이 밥을 먹었다며 쑥스러워하는 아들이 영웅이고 주인공이다.

그는 금융회사에서 운전기사로 20여 년간 일하다 외환위기로 회사가 휘청이는 바람에 2000년부터 택시를 몰았다. 손님들이 해주는 이야기를 메모했다가 일기장에 옮겨쓰곤 했는데, 이를 본 지인들이 출판사를 소개해주면서 책까지 내게 됐다. 〈연합뉴스, 5월 12일〉

'어두운 세상을 조금이라도 더 밝게 하고 싶다' 라는 소망을 담아 책을 썼다는 택시기사 문장식 씨의 이야기를 인터넷에서 보게 되었다. 초등학교도 제대로 나오지 못했지만, 초등학교 수학책과 국어책을 보며 독학했고, 손님들의 사연을 듣고, 메모했다고 한다. 그리고는 2권의 책을 펴냈다고 한다. 나이가 70이 넘었지만, '손님들은 선생님' 이라고 생각하며, 대화를 나누는 모습에 큰 감동을 느꼈다.

작가로 데뷔한 이들의 직업은 특별한 이도 있지만, 거의 다 평범하다. 당신의 주위에서 볼만한 사람들이 어느 날 작가로 데뷔한다.

세상에 특별하지 않은 삶은 어디 있을까? 당신이 세상에 단 하나인데 말이다. 한정판이라는 이름이 붙으면 그 물건의 가격이 올라간다. 하지만 당신이야말로 세상에 유일무이한 존재다. 가장 귀한 존재다. 가격조차 매길 수 없는 그런 존재 말이다.

일본에서 출판된 〈사장 나오라고 해!〉라는 책은 총 50만 부라는 판매기록을 세운 베스트셀러입니다. 지은이 가와다 시게오 씨는 20년간 고객의 불만 사항을 접수하고 처리해온 소비자상담실 직원이었습니다. (중략…) 그가 오랫동안 해온 일에는 분명 '가치'가 있었던 것입니다. 그 가치를 돈으로 환산해볼까요? 13,000원짜리 책이 50만 부 판매되었고 인세가 정가의 10%였다면 작가는 6억5000만 원이라는 큰돈은 번 셈입니다. 이 세상 모든 사람은 누구나 가치 있는 일을 하고 있습니다. 그 가치는 출판을 통해 비로소 세상의 빛을 볼 수 있습니다. 〈책을 내고 싶은 사람들의 교과서〉

당신이 어떤 분야에서 어떤 일을 하든 그 일은 가치 있다. 단지 책으로 나오지 않았을 뿐이다. 지극히 평범한 이야기도 책이 될 수 있다. 아니 실제로 책으로 나온 예는 수도 없이 많다. 그들이 새로운 삶을 살아가리라는 것은 말할 필요도 없을 것이다.

멀리 갈 필요 없이, 내가 작가가 된 이야기가 어쩌면 그 예가 될 것이다. 평범하게 살고 싶었던 한 청년이 책을 통해 길을 발견하고, 작가와 강연가로 데뷔해 살아간다는 평범하고도 평범한 이야기다. 하지만 이 이야기가 책을 통해 나왔을 때 어떤 독자들은 처음으로 책을 읽었고, 또 어떤 독자들은 '나도 작가가 되고 싶다' 라는 꿈을 갖게 되었다. 그리고 그 꿈을 응원하기 위해, 나는 지금 이 책을 쓰고 있는 것이다.

사람들은 평범하다는 이유로 자신의 이야기가 가치가 없다고 생각한다. 하지만 세상에는 평범한 사람들이 더 많다. 명문대를 졸업하고, 대기업에 다니는 사람들보다는 평범한 사람들이 훨씬 많다. 평범한 사람들은 성공한 사람들의 이야기도 듣고 싶지만, 그보다 평범한 사람들의 이야기에 더 관심이 많다. 세상은 당신의 스토리를 기다린다. 그게 바로 자신들의 이야기이기 때문이다.

## 그런 길은 없다

아무리 어둔 길이라도
나 이전에
누군가는 이 길을 지나갔을 것이고,
아무리 가파른 길이라도
나 이전에

누군가는 이 길을 통과했을 것이다.
아무도 걸어가 본 적이 없는
그런 길은 없다.
나의 어두운 시기가
비슷한 여행을 하는
모든 사랑하는 사람들에게
도움을 줄 수 있기를.

〈지금 알고 있는 걸 그때도 알았더라면, 베드로시안〉

나는 평범한 직장인이다. 하지만 나의 이야기가 세상에 나왔을 때 많은 사람의 공감과 응원을 받을 수 있었다. 당신의 이야기도 마찬가지다. 당신의 이야기가 세상에 나올 때 사람들은 기다렸다는 듯이 환호해 줄 것이다. 세상은 당신의 스토리를 기다린다. 그러니 오늘부터 딱 하루 한 시간만 책을 써보면 어떨까? 책을 읽기 전과 읽은 후와 다르듯이 전혀 다른 삶을 살게 될 것이다.

09:

# 직장인이라면, 하루 1시간만 책쓰기에 미쳐라

직원은 회사에서 잘리지 않을 만큼 일하고,
회사는 직원이 나가지 않을 정도로 월급을 준다.

개인주의가 강한 미국 사람들의 마인드라는데, 나는 한국도 다르지 않다고 생각한다. 그것이 어쩔 수 없는 우리와 회사의 관계다. 이익을 추구하는 집단에서 인정을 요구해서는 안 된다. 그 인정을 우리는 적폐라고 한다. 바로 비리이다.

혈연, 학연, 지연을 욕하면서도 사람들은 그 현장을 늘 맞닥뜨린다. 그런 상황에서 회사 생활의 염증을 느끼는 것은 당연한 일일 것이다. 그리고 다른 회사를 가더라도 같은 상황의 반복일 것이다. 그러면 어떻게 하는 것이 좋을까? 어떻게 해야 1인 사업가로서 우뚝

설 수 있을까? 나는 당연히 책 쓰기를 추천하고 싶다.

직장인에게 책 한 권을 쓰라고 권하는 자기계발서가 많다. 왜냐하면 책을 쓰면 다음과 같은 일이 생기기 때문이다.

1. 그 분야의 책을 읽어야 한다.
2. 자연스럽게 전문가가 된다.
3. 그 분야의 책을 쓴다.
4. 자연스럽게 퍼스널 브랜딩이 된다.

한 분야의 전문가가 되는 것은 중요하다. 사람들이 왜 수천만 원에서 수억 원이나 들여서 프랜차이즈 사업을 할까? 많은 이유가 있겠지만, 이미 잘 알려진 브랜드로 입점하면 손님 확보가 쉽기 때문일 것이다. 경험도 없이 처음 장사하는 사람이 본인의 이름을 걸고 장사할 수 있을까? 어쩔 수 없이 큰돈 들여 그 브랜드를 사는 것이다. 최근에는 한 개인이 브랜드가 되기도 한다. 예를 들면 누구든지 '유튜브' 하면 대도서관을 떠올린다.

그가 벌어들이는 수입도 대단하지만, 그 이름값 즉 퍼스널 브랜딩의 가치도 적지 않다. 그는 화려한 스펙도, 대학교 졸업장도 없는 평범한 직장인이었다. 그리고 늦은 나이인 서른 살을 훌쩍 넘겨서 유튜브에 입문했다. 하지만 꾸준함 덕분에 이름을 알리게 되었고, 〈유튜브의 신〉이라는 책을 펴내기까지 했다.

'내가 속한 단체도 중요하지만 나 자신의 값어치를 올리는 게 중요한 시대죠. 그걸 위해 가장 효율적인 플랫폼이 유튜브라 생각합니다. 취업과도 관련 있어요. 예전에는 구인자가 구직자가 어떤 사람인지 모르니 학벌 등을 봤지만, 영상을 계속 찍어준다면 그것보다 확실한 증거물은 없거든요. '내가 이 분야에 대한 애정과 전문성이 있다' 라고 증명할 수 있는 영상요. 1인 미디어가 레드오션이 될 수 없는 이유입니다' 〈연합뉴스 2월 26일 자 기사〉

그렇다. 대도서관의 말대로 자신의 값어치를 올리는 것이 중요하다. 퍼스널 브랜딩이 중요하다. 안정된 미래는 없다. 스스로가 브랜드가 되어야 한다. 스스로 자신의 가치를 증명해야 한다. 그렇기 때문에 나는 책을 쓰라고 강조하고 싶다. 책을 통해 성공한 사람이 많다. 책을 통해 성공한 기업도 많다. 바로 스토리가 스며들었기 때문이다.

〈10미터만 더 뛰어봐〉 주인공인 김영식 회장을 아는가? 아마 책

제목은 몰라도 '남자에게 정말 좋은데, 표현할 방법이 없네' 라는 산수유 광고는 모두 기억할 것이다. 그는 한때 자살하고 싶은 정도로 힘든 시절을 보냈다. 하루 1,000원으로 끼니를 때우면서도 6개월 후를 생각하며 힘을 냈다고 한다. 김영식 회장이 10미터만 더 뛰자고 결심한 계기는 무엇일까?

딸이 "아빠, 우리는 왜 이렇게 가난해?" 하고 울먹이면서 따져 묻는 것이 아닌가.

순간 당혹스러웠다. 왜 그러느냐 물었더니, 집에 놀러 온 친구들이 "너희 집은 왜 이렇게 작아? 방이 하나밖에 없어?" 했다는 것이다.

"우리 집은 왜 이렇게 작아?"라는 딸의 외침이 칼이 되어 가슴을 찔렀다. 충격이었다.

나는 "우리는 가난한 게 아니야. 내일을 위해 좀 참고 있는 것뿐이지." 하고 얼버무렸다.

그리고 식구들이 잠든 한밤중에 스스로 물었다.

'내가 이것밖에 안 되는가!'

딸의 날카로운 질문이 밤새 머릿속을 떠나지 않았다. 그날 결심했다. 10미터를 더 뛰기로. 〈10미터만 더 뛰어봐〉

하지만 사업은 그렇게 호락호락하지 않았다. 사업이 망해서 수중에 땡전 한 푼 없고, 갚아야 할 빚만 20억 원이 되었다. 하지만 1년 11개월 만에 모든 빚을 청산했다고 한다. 그의 모든 스토리가 바로 책에 녹아 있다. 그래서 사람들은 그에게 열광하는 게 아닐까? 그에 대한 사랑은 천호식품이라는 회사에도 막대한 이익을 가져다주었다.

이렇게 책은 개인뿐만 아니라 회사에도 긍정적인 역할을 한다. 김영식 회장의 비하인드 스토리를 아는 사람은 천호식품을 사랑할 수밖에 없지 않을까? 당신의 이야기를 누군가 듣게 되면 당신을 더 좋게 생각하지 않을까? 그만큼 이야기의 힘은 무섭다.

나는 오늘도 하루 1시간 책을 쓰고 있다. 또 독서도 쉬지 않고 있다. 직장에서의 내 업무를 열심히 하면서도 인생 제2막을 위한 준비도 쉬지 않고 있다. 앞서 말한 것처럼 회사는 당신의 미래를 책임져주지 않는다. 그래서 당신만의 무기가 필요하다. 나는 그것이 책쓰기라고 확신한다.

하지만 회사 일을 제쳐두고 책쓰기에만 집중하면 안 된다. 회사에 누가 되지 않도록 최선을 다하면서도, 개인적인 시간에는 당신을 위한 칼을 갈고 닦아야 한다. 그래서 나는 하루 1시간의 책쓰기를 추천하는 것이다. 회사에 피해를 주면서까지 하는 책쓰기는 결국 비수가 되어 당신에게 돌아올 것이다. 직장을 다니면서도 책쓰기를 꾸준히 하는 작가는 지금도 많다. 그런데 당신이라고 못할 것은 무엇인가? 하루 한 시간만 투자하라. 생각지도 못할 보상으로 돌아올 것이다.

## 10 :

# 내 가치는 내가 정한다

메신저라는 직업을 아는가? 말 그대로 메시지를 전하는 사람이라는 뜻이다. 이 메시지가 만약에 어떤 사람에게 큰 깨달음을 주면 어떤 일이 생길까? 그 이야기를 들은 사람의 인생이 변할 수도 있다면 어떤가?

처음의 시작은 정말 우연이었다. 브렌든 버처드의 여동생이 연애 상담을 원했던 것이다. 하지만 그 분야에 대해 아는 것이 없었던 브렌든 버처드는 해 줄 말이 없었다. 하지만 여동생을 돕고 싶었던 브렌든 버처드는 서점으로 달려가 열 권이 넘는 책을 사고 연구하기 시작했다. 그리고 한바탕 잔소리를 했다고 한다. 그 이후에도 인간관계에 어려움을 겪고 있는 사람들에게 '인간관계 메신저'로 알려지고, 어느 날은 돈을 받고 강연까지 하기에 이른다.

대부분의 사람은 끔찍한 시급 노동의 세계에서 일하고 있다. 그러나 메신저의 경우는 다르다. 우리는 노동시간이 아니라 전달하는 가치에 따라 소득을 올린다. (중략…)통화가 끝날 즈음 그는 내게 얼마를 지불 해야 하는지를 물었다. 나는 기업들을 대상으로 컨설팅을 하고 있었고 몇 권의 책을 썼을 뿐, 심리상담사로 일하거나 어떤 사람과 일대일로 상담한 적은 없었기에 상담 요금을 얼마로 정해야 좋을지 몰랐다. 쑥스러워하며 그에게 물었다.

"글쎄요. 오늘 우리가 나눈 얘기를 고려했을 때 제가 얼마 정도 받아야 한다고 생각하나요?"

그는 재빨리 대답했다.

"제가 듣기로 심리상담사들은 시간당 200달러를 받는다고 하더군요. 그 정도가 어떨까요?"

대답을 듣고 나는 의자에서 넘어질 뻔했다. 세상에, 시간당 200달러라니! 당시 나는 그 정도 금액은 유능한 변호사나 받는 보수라고 생각했다. 나는 애써 태연하게 "좋습니다."라고 대답했다. 〈백만장자 메신저〉

그 뒤에도 수많은 상담을 했고, 어느 시점이 되자 시간당 5,000달러(약 6백만 원)의 상담료를 받고 있지만, 여전히 시간이 부족할 정도라고 한다. 과하다는 생각이 들었지만, 시간이 어떻든 누군가의 인생을 180도 바꾸어놓았다면 그 가치를 측정할 수 있을까? 그 일을 여러분도 할 수 있다. 바로 메신저의 삶을 산다면 말이다.

사람들은 자신의 삶을, 자신의 스토리를 아무 가치가 없다고 생각한다. 하지만 당신에게는 너무나 평범한 경험이 남에게는 필요할 수도 있다. 나에게는 너무나도 쉽지만, 다른 사람에게는 어려울 수도 있다. 사람들은 자신에게 특별한 경험이 없다고 한다. 하지만 당신의 삶 자체가 바로 특별함이다. 누구도 당신과 똑같은 경험을 할 수 없기 때문이다.

사람들은 가끔 자신이 무엇을 해야 할지 모른다. 특히 어떤 일을 처음 겪을 때 말이다. 마치 브렌든 버처드의 여동생처럼 말이다. 하지만 이때 그 일을 겪었던 사람이 조언을 해주면 어떨까? 불확실한 두려움 때문에 어쩔 줄 몰라 할 때, 누군가 자신의 손을 잡고 이끌어주면 어떨까? 그리고 당신이 누군가에게 도움이 된다는 생각만으로도 행복하지 않은가? 이미 당신은 그런 일을 하고 있을 것이다. 모든 사람이 어떤 형태로든 남을 돕고 혹은 남의 도움을 받으면서 살아가기 때문이다.

아무리 생각해도 '그래도 나는 아니야.' 라는 생각이 든다면 브렌든 버처드가 좋은 예가 될 것이다. 이미 말한 것처럼 브렌든 버처드는 인간관계 전문가가 전혀 아니었다. 하지만 여동생을 돕겠다는 마음 하나로 책을 읽고, 나름대로 정리를 했고, 결국에는 시간당 약 600만 원이라는 상담료를 받게 된다. 그러니 당신도 충분히 가능하다.

삶에 대한 희망과 자신감을 모두 잃은 청년이 있었다. 그는 어떻게든 살아보기 위해 현자를 찾아가 행복해지는 법을 가르쳐달라고 간청했다. 그러자 현자는 그에게 못생긴 돌 하나를 건네주며 말했다.

"내일 아침, 이 돌을 시장에 가져가서 장사를 하게. 하지만 누가 얼마를 주겠다고 하든지 절대 팔지는 말아야 하네."

청년은 순순히 현자의 말을 따랐다. 하지만 하루가 가고 이틀이 갈 때까지 돌에 관심을 보이는 사람은 아무도 없었다. 사흘째 되던 날, 드디어 몇몇 사람이 돌에 관해 묻기 시작했다. 구체적으로 흥정을 하려는 사람도 있었지만, 청년은 현자의 말대로 끝까지 고개를 저었다. 나흘째가 되자 꽤 높은 가격을 부르며 돌을 사겠다는 사람까지 나타났다. 청년이 돌아와서 시장에서 있었던 일을 이야기하자 현자는 빙

긋이 웃으며 말했다.

"내일은 이 돌을 수석 시장에 가져가 보게."

수석 시장에서도 비슷한 일이 벌어졌다. 둘째 날까지 다들 별 관심을 보이지 않았지만 셋째 날부터는 가까이 다가와 돌을 관찰하는 사람이 생겼다. 며칠이 지난 후, 돌의 가격은 깜짝 놀랄 만큼 껑충 뛰었다. 현자가 마지막으로 청년에게 말했다.

"자, 이제는 그 돌을 보석 시장에 가져가게."
마침내 돌의 가격은 보석과 맞먹을 정도로 높아졌다.

처음에는 아무것도 아니었던 돌이 나중에는 보석만큼 비싸진 이유가 무엇일까? 청년이 먼저 돌을 가치 있게 다루는 모습을 보이고, 싼 가격에 함부로 팔지 않았기 때문이다. 사람의 가치는 위 이야기 속의 돌과 비슷하다. 만약 스스로 자신을 평범한 돌이라고 생각하면 영원히 평범한 돌로 남게 된다. 그러나 스스로 자신을 대단한 가치를 지닌 보석이라고 믿으면 실제로 그렇게 변한다. 〈느리게 더 느리게〉

당신은 당신의 가치가 얼마라고 생각하는가? 의외로 많은 사람이 자신을 과소평가하고 있다. 〈느리게 더 느리게〉의 청년처럼 자신의 인생을 소중하게 대하지 않는다. 하지만 결국 자신의 가치는 자신이 정한다는 사실을 기억했으면 한다.

당신의 가치는 얼마인가? 얼마를 생각했든 그것은 당신을 과소평가한 것이다. 자기 자신을 소중하게 대할 때 당신의 가치도 소중해진다. 사람의 가치는 무한하다. 그리고 그 가치는 남이 아니라 바로 내가 정하는 것이다. 그 가치를 최고로 올리는 방법 중 하나가 바로 책쓰기다.

당신은 평범한 사람인가? 나도 그렇다. 하지만 책을 쓴 이후 내 삶은 달라졌다. 작가 그리고 강연가라는 타이틀이 생겼기 때문이다. 이전까지 당신이 어떠한 삶을 살았든 중요한 것은 지금부터다. 다음 장으로 넘어가면 당신도 작가의 길로 들어서게 될 것이다. 꿈꾸던 일들이 현실로 다가올 것이다.

어쩌면
책을 쓴다는 것은
자신이 경험했던 일,
축적했던 지식을
쓰는 것이다.
누군가 내 책을 보고
독서를 하게 된다면,
누군가 내 책을 보고
책을 내게 된다면
얼마나 행복할까?

PART 02

# 나는 하루 1시간 책쓰기 습관으로 1인 창업했다

Part

02

## 01:

# 왜 책을 내는 사람이 극소수일까?

"작가님, 저도 책을 내고 싶어요. 그런데 저는 안 되겠죠?"

평범한 직장인이었던 내가 책을 낸 이후에도 많은 사람이 비슷한 말을 한다. 하지만 나라고 특별한 방법이 있었던 것은 아니다. 그저 먼저 시작했을 뿐이다.

1인 출판사가 점점 늘고 있다. 그만큼 작가가 되고 싶은 사람이 늘어나고 있다는 반증이라고 생각한다. 내 주위에도 책을 내고 싶은 사람이 많다. 그런데 왜 책을 내는 사람은 소수일까?

꽤 많은 돈과 시간을 들여 책쓰기를 배웠다. 제주도에서 서울을 오가며 더 간절한 마음으로 책쓰기를 배웠다. 그 간절함 덕분인지 생각보다 빠른 시간에 내 이름으로 된 책은 세상에 태어났다. 책이 나온 이후 최소 한 달에 한 번 정도는 독서법과 책쓰기에 대한 강연을 하고 있다. 강연 이후 사람들의 질문은 책쓰기와 관련된 부분이 많다. 많은 분이 '책을 쓰고 싶다는 생각을 하게 됐다' 라는 말을 한다. 하지만 거의 생각일 뿐. 그다음 순서로 나아가지 못한다.

직장과 책쓰기 그리고 수많은 SNS 활동 등으로 나의 하루는 새벽부터 바쁘다. 일찍 잠을 자야 하지만, 자정을 넘길 정도로 바쁜 하루를 보내고 있다. 나의 이런 일상을 배려하는 건지 강연에 참여했던 사람들은 더 이상 나를 괴롭히지 않는다. 하지만 책을 쓰려는 사람은 달라야 한다.

여전히 제주뿐만 아니라 육지를 오가며 강연을 듣고 있다. 독서에 관한 책을 쓰고 자타공인 독서법 전문가가 되었지만, 여전히 독서법과 습관 그리고 책쓰기와 관련된 강연을 늘 듣고 있다. 강연가의 거의 모든 말을 메모하고 정리하며 블로그와 유튜브에서 관련된 정보를 나눈다. 누군가에 도움이 되기를 바라는 마음으로 담아서 정성스럽게 포스팅한다. 늘 궁금했던 것을 질문하며 '좋은 책을 써주시고 좋은 강연을 해주셔서 감사하다.' 라는 인사와 함께 작은 선물을 드리기도 한다.

최근에는 질문하는 사람이 많아졌지만, 많은 강연장에서 질문 없이 끝나는 경우가 많았다. 심지어 저자 직강을 하는데도 책을 안 읽은 사람이 태반이었다. 물론 책을 읽지 않아도 강연에 참여할 수는 있다. 그 강연 덕분에 저자의 책을 읽을 수도 있다. 아마 많은 작가도 그런 마음을 담아 강연할 것이다. 하지만 얻어가는 정보가 다르다. 나는 읽었던 책에서도 많은 쓸거리를 찾아낸다. 마찬가지로 강연에서도 마찬가지다. 관점이 다르기에, 길어 올리는 정보 자체가 다르다.

얼마 전에도 강원국 작가의 '마음을 움직이는 글쓰기' 라는 강연을 들을 기회가 있었다. 강원국 작가의 특강 중 일부를 나누고자 한다.

글쓰기가 어려운 이유는 여러 가지가 있는데, 두렵기 때문이라고 생각합니다. 사실 저도 두렵습니다. 책쓰기는 원래 어렵습니다. 그리고 결정적으로 안 써봐서 그렇습니다. 〈대통령의 글쓰기〉를 쓸 때 20일 동안 한 글자도 못 썼습니다. 하지만 늘 그 자리를 지켰고 갑자기 쓸 거리가 생기기 시작했습니다. 한 문장만 쓰세요. 글쓰기는 반드시 끝이 옵니다. 머리에 불이 들어오는 순간이 옵니다. 여러분도 책을 꼭 쓰셨으면 좋겠습니다.

2시간 동안의 강연을 들으며 많은 것을 깨달았다. 그리고 왜 책을 출간하는 사람은 극소수인지도 깨달았다. 바로 두렵기 때문이다. 그리고 시작하지 않기 때문이다.

그날은 나의 책쓰기 특강도 있었다. 나의 저자 직강 이후 나는 꼭 다음과 같이 말한다.

'궁금한 것이 있거나 책을 쓰는데 잘 안 되면 언제든지 연락 주세요. 도와드릴게요.'

하지만 역시 거의 연락은 오지 않는다.

사람들은 책을 쓰는 방법을 모르겠다고 말한다. 하지만 나는 '책을 보면 된다' 라고 말한다. 사람들은 자신이 전문가가 아니라고 말한다. 하지만 나는 그 역시 '책을 보면 대부분 해결된다' 라고 말한다. 그리고 전문가가 꼭 책을 쓰는 것은 아니라고 말한다. 수많은 질문과 대답이 오가면 꼭 다음과 같은 결정타가 나온다.

'시간이 없어요.'

수년째 구몬 선생님을 하고 있다. 숙제를 안 한 친구들의 변명은 늘 똑같다.

'시간이 없어요.'

가끔 아이들의 이야기를 들어보면 '얘는 정말 시간이 없겠구나.' 싶은 애들도 있기는 하다. 하지만 결국은 우선순위의 문제로 귀결된다. 그 작은 차이가 결국 성과를 만들어낸다. 우선순위만 잘 세워도 인생이 달라진다.

어느 날 한 사람이 워런 버핏에게 성공에 이르는 비결을 물었다. 그러자 버핏은 "일생동안 이루고 싶은 목표 25가지를 적으라"고 했다. 그리고 "그 중 중요하다고 생각되는 5개 목표에 표시하라"고 했다. 그 25가지 목표가 모두 중요했기에 심혈을 기울여 5개를 선택했다. 그리고는 깨달음을 얻고는 다음과 같이 말했다고 한다.

"내일부터, 아니 오늘부터 5개의 목표 실천하겠습니다"

–"그럼 나머지 20개는 어떻게 할 텐가?"

"5개의 목표를 실천하면서, 틈틈이 나머지도 하겠습니다"

–"아니야, 틀렸어. 5개의 목표를 이루기 전까지는 절대 피해야 할 목록이야."

하루는 24시간이고 일주일이면 168시간이다. 당신은 이 소중한 시간을 어떻게 쓰고 있는가? 일하는 시간, 밥 먹는 시간 그리고 자는 시간을 빼도 꽤 많은 시간이 남아 있다. 일하는 시간을 제외하고 당신이 하는 일이 무엇인가에 따라서 당신의 미래가 바뀔 수도 있다.

지금 당신이 알고 있는 정보만으로도 충분히 책을 쓸 수 있다. 다만 방법을 모를 뿐이다. 그리고 그 방법은 배우기 어렵지 않다. 유튜브에, 서점에, 도서관에 정보가 가득하다. 누구나 책을 쓰는 방법이 말이다. 당신이 아무리 바쁘더라도 하루에 1시간도 없는가? 하루에 1시간만 책쓰기에 투자해도 3달 정도면 책이 나올 수 있다. 왜 책을 내는 사람이 적을까? 시작하지 않았기 때문이다. 오늘 한 줄의 글로 시작해보자. 책쓰기는 반드시 끝이 온다.

## 02:

# 평범한 사람일수록 책을 써라

많은 사람이 책쓰기를 두려워한다. 자기 분야에서 성취한 것도 많고 그것을 책으로 낸다면 자신은 물론 남에게도 큰 도움이 될 텐데 주저한다. 책을 쓰면 좋은 점이 많은 것을 알면서도, 심지어 인생이 바뀔 수도 있다는 것을 알면서도 주저한다. 단지 한 번도 해본 적이 없다는 이유로 자신과 무관한 일인 것처럼 생각한다. 혹은 자신이 너무 평범하다고 생각하는가? 하지만 세상에 글감이 없는 사람은 단 한 명도 없다. 누구나 세상에 할 이야기가 있다. 누구나 사람들에게 감동을 줄 수 있다. 그리고 자신의 인생을 바꿀 수 있다.

〈하루1시간 독서습관〉 저자 강연을 할 때의 일이다. 나는 독서와 관련된 책을 썼기에 당연히 독서와 관련된 물음과 답을 준비했다.

그러나 대다수의 사람이 '책쓰기' 에 대한 질문을 했다.

'3개월 만에 초고를 마칠 수 있었던 이유' , '7개월 만에 책 출간이 가능했던 이유' 등을 물었다. 사람들에게 내 나름의 답을 하고 집에 와서 조용히 생각해봤다. 그리고 다음과 같은 결론을 내렸다.

'일단 운이 좋았다고밖에 할 수 없겠다. 어떻게 1년도 안 됐는데 책을 냈지?'

그리고 수북하게 쌓여있는 책과 자료들을 보면서 생각했다.

'이만큼 읽고, 이만큼이나 정리했구나. 그 자료를 정리했을 뿐인데 책이 됐구나'

책 쓰기는 최고의 자기계발 도구이며 평범함에서 비범함으로 도약하는 발판이다. 사실상 글쓰기 능력은 그리 중요치 않다. 책은 손이 아니라 발로 쓰는 것이기 때문이다. 책을 쓰는 것은 너무 거창한 일이라고 생각하는 사람이 많지만, 목표를 단단히 세우고 매일 조금씩 읽고 쓴다면 누구나 쓸 수 있다. 그러니 처음부터 겁먹을 필요는 없다. 나와는 전혀 상관없는 일이라고 제쳐두어서도 안 된다. 목표를 높게 잡아야 실패하더라도 얻는 게 있다. '시간이 나면 해야지' 하는 안이한 태도로는 자기계발의 성과를 얻을 수 없다. 〈내 인생의 첫 책 쓰기 –

오병곤, 홍승완〉

평범한 사람이 비범한 사람이 되는 방법은 여러 가지가 있을 것이다. 자신의 분야에서 정말 열심히 일해서 고속 승진을 하는 방법은 어떤가? 일반적인 회사원이 임원이 되기까지 얼마의 시간이 필요할까? 상당한 시간이 걸릴 것이다. 하지만 문제는 시간이 아니라 불확실성이다. 과연 여러분은 1%가 될 수 있을까? 또 그 1% 중의 1%가 되어야 임원이 될 수 있다. 또 임원이 됐다고 모든 문제가 해결되지는 않는다. 오히려 더 빨리 퇴사 당할 수도 있다. 그래서 회사에서는 가늘게 길고 살아남으려는 직장인이 많다. 하지만 이때 자신의 직무와 관련된 한 권의 책을 쓴다면 어떨까?

책을 쓰려면 반드시 책을 읽어야 한다. 책은 그 분야의 전문가가 쓴 것이다. 책을 읽으면 읽을수록 전문가가 될 수밖에 없지 않을까? 적어도 그 분야에 대해서 이야기 할 수 있는 준전문가가 될 것이다. 한 권, 두 권 쌓이다 보면 어느새 책의 지식은 지혜가 된다.

독서는 최고의 자기계발이다. 책을 쓰려면 그 독서를 꼭 해야만 한다. 또 책을 쓰려면 끊임없이 공부할 수밖에 없다. 많이 알기 때문에 책을 쓸 수도 있지만, 오히려 책을 쓰면서 배울 수도 있는 것이다.

나폴레온 힐은 그의 책〈놓치고 싶은 않은 나의 꿈 나의 인생〉을 쓸 당시 앤드류 카네기(Andrew Carnegie)와 그의 부유한 친구들을 비롯한 여러 부자들을 인터뷰했다. 나폴레온 힐은 이 인터뷰를 통해 부자들에게서 들은 내용을 종합하고, 이들에게서 공통적으로 엿볼 수 있는 좋은 관행들과 교훈을 유용한 정보로 추출했다.

'보통 사람들' 이 그 주제를 쉽게 이해할 수 있도록 말이다. 그 결과 이 책은 부와 성취에 대한 사람들의 학습 기간을 몇 년이나 단축시켰고, 그로써 사람들이 더 나은 인생을 살 수 있도록 도와주었다. 〈백만장자 메신저〉

아마 자기계발 분야의 책을 읽는 사람은 나폴레온 힐이라는 이름을 아주 많이 들어봤을 것이다. 그는 이 세상에 없지만, 그의 책은 여전히 우리에게 부자가 되는 방법과 꿈을 이루는 방법을 알려준다. 재미있는 사실은 나폴레온 힐이 부자가 되는 방법에 관한 책을 썼을 때 그는 부자도 아니었고 유명하지도 않았다는 사실이다. 하지만 그는 역사상 가장 영향력 있는 작가 중 한 명이 되었다. 왜냐하면 나폴레온 힐은 평범한 회사원에서 그 분야 최고의 실력자로 성공하기까지의 성공법칙을 평생 연구했기 때문이다.

이는 당신에게도 마찬가지다. 당신에게 열정이 있거나, 다른 사람을 돕고 싶은 마음만 있다면 어떤 분야든지 메신저로서 또 전문가의 영역에서 일할 수 있다. 그 전문가가 되는 방법 중 가장 확실한 방법이 바로 책쓰기다.

최근에 평범한 사람이 책을 쓰는 경우가 점점 늘어나고 있다. 그리고 전문가로 다시 태어나는 사람도 늘어나고 있다. 당신이 어떤 분야에서, 어떤 일을 하든지 그것으로 책을 쓸 수 있다. 해당 분야의 전문가가 되는 것이다. 혹시나 취업이나 승진이 목적이라도 책쓰기를 추천한다. 책을 썼다는 것은 그 분야를 철저히 연구했다는 뜻이다. 책이 출간되는 것과는 별개로 그 분야에 전문가가 되는 것은 불 보듯 뻔하다. 그리고 시간이 지날수록, 평범함은 비범함으로 변할 것이다. 평범한 사람일수록 책을 써야 하는 이유다.

'전문가가 책을 쓰는 것이 아니라 책을 쓰면서 전문가가 된다.' 라는 말이 있다. 최근에는 정말 피부로 와닿는 말이다. 많은 사람이 '나중에' 라고 말한다.

'은퇴하고 나서 써도 되겠지.' , '지금은 바쁘니까, 나중에 써야지.'

하지만 나중에는 과연 안 바쁠까? 지금 책을 쓴다면 어떤 일이 생길까?

독자를 위해 자신만의 힘으로 백만장자가 되는 방법을 알릴 의도로 시작했지만, 그 덕분에 제가 백만장자의 결승선에 설 수 있었습니다. 더불어 그들과 더욱 가까이서 이야기하고 실제 인터뷰를 진행하며 진지한 미래를 더 구체적으로 그릴 수 있었습니다. 〈오직 스스로의 힘으로 백만장자가 된 사람들의 52가지 공통점〉

책을 쓰면 남의 성공을 도울 수 있다. 무엇보다 자신도 성공할 수 있다. 앞서 나온 나폴레온 힐도 그랬고, 방금 인용한 앤 마리 사바스도 그랬다. 성공한 사람들을 따라 했더니, 자신의 삶도 새롭게 바뀐 것이다.

당신은 평범한가? 그렇다면 책을 써라. 책을 쓰면서 당신은 전문가가 될 것이다. 비범한 사람이 될 것이다. 사실 이 책을 읽는 것만으로도 비범한 사람이라고 생각한다. 최소한 책을 쓸 생각으로 이 책을 읽었다면 말이다. 책을 쓰면 생각지도 못한 기회가 찾아온다. 책 한 권의 힘은 무시무시하다. 그 힘을 직접 경험하고 싶다면 책을 썼으면 한다. 평범해도 책을 쓸 수 있다. 평범하니까 책을 써야 한다. 그리고 평범하기 때문에 더 크게 성공할 수 있다. 왜냐하면, 평범한 사람들은 당신의 평범한 이야기가 궁금하기 때문이다.

03

## 훌륭한 독자가 훌륭한 저자를 만든다

### '작가님, 쓸 게 없어요'

사람들에게 무엇인가 써보라고 하면 모두 막막함을 느낀다. 무엇을 써야 하는지, 어떻게 써야 하는지 모르기 때문이다. 하지만 우리에게는 훌륭한 교재가 있다. 바로 책이다. 내가 사람들에게 자주 하는 말이 있다.

'필사하면 남의 책이지만, 필사에 내 생각을 곁들이면 내 책이 됩니다. 책쓰기 정말 쉽습니다.'

그렇다. 책쓰기는 어렵지 않다.

역사상 훌륭한 저자는 훌륭한 독자였다. 이는 그 당시 필독서 목록 들어가는 책을 모두 읽었다는 뜻이 아니다. 그들 대부분은 오늘날 대학생들이 읽어야 할 책보다도 적게 읽었을 것이다. 하지만 그들은 책을 정말 잘 읽었다. 책들을 완전하게 읽어냈기 때문에 글을 쓰는 저자가 될 수 있었던 것이다. 일반적으로 좋은 학생이 좋은 교사가 되는 것처럼 훌륭한 독자가 훌륭한 저자가 될 수 있는 것이다. 〈독서의 기술〉

책 쓰기에는 재료가 중요하다. 그 재료를 찾는 최고의 방법 중의 하나가 바로 독서다. 물론 경험이 충분하다면, 내 생각만으로도 한 권의 책을 뚝딱 만들 수 있을 것이다. 하지만 많은 사람이 조금만 쓰다 보면 이내 한계에 부딪힌다. 그때 다른 작가의 책을 보면 아이디어가 샘 솟는다. 한 줄의 글이, 하나의 단어가 내 마음속에 들어오면 나만의 언어로 새롭게 창조된다.

작가가 된 이후에도 나는 항상 수많은 책과 함께 시간을 보내고 있다. 첫 번째 졸저인 〈하루 1시간 독서습관〉을 네이버에 검색해보면 많은 리뷰가 나온다. 그러다 한 분의 리뷰를 보고는 나는 충격에 빠졌다. 내용은 아래와 같았다.

‘황준연 작가님이 참고한 책을 모두 조사해봤습니다. 총 62권이더

라고요'

나는 그 글을 보면서 정말 놀랐다. 참고한 책이 그만큼 많았다니! 그리고 그 책들 덕분에 첫 번째 책을 썼기 때문에 작가들에게 감사한 마음이 들기도 했다. 생각해보니 독서에 관한 책 100권을 넘게 읽었다. 지금은 책쓰기와 관련된 모든 책을 읽고 있다. 그래서 앞서 인용한 〈독서의 기술〉에서 나온 문장을 몸으로 느낀다. 당신도 훌륭한 저자가 되기 전에 반드시 좋은 독자가 되어야만 한다.

나는 독서 자체가 좋았다. 많이 읽지는 않았지만, 책에 빠져들었다. 하지만 아무리 열심히 독서 해도 며칠이 지나면 모두 잊히는 것이 싫었다. 어떤 날은 책을 읽으면서 뭔가 이상한 느낌이 들어서 살펴보니 얼마 전에 본 책이 아닌가? 허무했다. 몇 시간을 허비했다는 생각이 들었다. 그리고 나는 그때부터 발췌독하기 시작했다. 나의 말로 살을 붙였다. 그렇게 시작한 메모습관이 책을 쓰게 되는 결정적 한 방이 되었다.

지금도 직장을 다니면서도 하루에 한 권을 넘는 독서를 하고 있다. 하루 2시간 이상 운전을 해야만 하는 학습지 교사를 하고 있다. 무료하게 음악만 듣다가 어느 날부터 이북을 듣게 되었다. 지금 돌이켜

보면 그 시간이 없었다면 나의 첫 번째 책도 없었을 것이다. 왜냐하면, 하루를 돌아봐도 가장 많이 독서 하는 시간이 바로 그 2시간이기 때문이다.

70권이 넘는 책을 집필한 다치바나 다카시는 말한다.

'최소한 100권을 읽어야 책 한 권을 쓸 수 있다'

아직도 처음 이 말을 들었을 때의 막막함이 느껴진다. 하지만 지금은 그 말의 담겨있는 진실을 안다. 그래서 나도 주위 사람에게 똑같은 이야기로 책쓰기를 독려한다.

'100권만 읽어보세요. 시간이 없다고요? 책 읽을 시간이 없는데 과연 책 쓸 시간이 있을까요?'

제주도에는 미로 공원이 많다. 걸음을 옮길 때마다 점점 멀어지는 출구에 '이 길이 아닌가?' 불안한 느낌에 오늘도 미로를 헤맨다. 하지만 어김없이 가장 많이 돌아가야 가장 빠르게 미로를 통과할 수 있다. 출구에서 실제로 멀어진다. 하지만 그 길이 가장 빠른 길이다. 책쓰기도 마찬가지다. 가장 빠르게 책을 쓰는 길은 오히려 가장 많이 읽는 것이라고 확신한다.

책을 쓰기 위해서는 수많은 자료가 필요하다. 수많은 곳에서 정보를 얻을 수 있지만, 책만 한 게 있을까? 오늘도 내 주위에는 책이 가득하다. 막히면 책을 보고, 유튜브를 본다. 그러다 한 꼭지를 완성한다. 그러다 막히면 또 책을 보고, 유튜브를 본다. 어떤 날은 한 줄밖에 못 쓴다. 하지만 자료는 차곡차곡 쌓여간다. 지금은 그 자료가 자리를 못 찾아가고 있지만, 어느 날은 순식간에 몇 꼭지를 완성하기도 한다. 쌓아놓은 자료가 많을수록 그런 일은 더 자주 있다. '두 번째 책의 초고는 한 달 만에 쓰겠다' 라는 당찬 포부를 밝히고 오늘도 나는 이 자리를 지킨다. 그리고 한 달쯤이 지나면 나는 출판사에 투고하기 전 초고를 다듬고 있을 것이다. 그 시간이 기다려진다.

훌륭한 독자가 되기 위해서는 좋은 책을 읽어야 할텐데 과연 어떤 책이 좋은 책일까? 나는 우선 랄프 왈도 에머슨의 말을 추천한다.

나의 실제적인 독서 법칙은 세 가지다.
첫째, 1년이 지나지 않은 책은 읽지 않는다.
둘째, 유명한 책만 읽는다.
셋째, 좋아하는 책만 읽는다.

〈랄프 왈도 에머슨 Ralph Waldo Emerson〉

가장 강조하고 싶은 것은 셋째, 좋아하는 책을 읽으라는 것이다. 좋은 책의 절대적인 기준이 있을까? 〈책을 내고 싶은 사람들의 교과서〉에서 나왔던 것처럼 출판전문가조차 좋은 책의 정의를 내리지 못했다. 그래서 좋은 책의 정의는 당신만이 내릴 수 있다. 누가 뭐라고 하든 내가 좋아하는 책이 바로 최고로 좋은 책이다.

하루에도 수백 권씩 출판되는 지금의 시대에 어떤 책을 읽는지는 중요할 수밖에 없다. 왜냐하면, 읽는 것이 곧 당신이 되기 때문이다. 또 당신의 책이 되기 때문이다. 고정관념을 버리고 가슴에 와닿는 구절을 메모하면서 깊이 사색하는 독서를 하자. 그러면 당신은 곧 훌륭한 독자가 될 것이다. 그리고 자연히 훌륭한 저자가 될 것이다. 당신의 이야기가 벌써 기다려진다. 당신의 책이 벌써 기다려진다.

## 04:

# 작가는 만들어지는 것이다

어떤 책이 나오는지 궁금해서 서점에 가보면 신기한 현상이 많이 벌어진다. 바로 평범한 사람들이 쓴 책이 부쩍 늘어났다는 점이다. 심지어 초등학생의 쓴 책까지 있다. 성인이 썼다고 해도 믿었을 정도로, 나를 깜짝 놀라게 하는 책들이 있다. 어떤 면에서는 참 부럽다. 34살에 작가가 된 나의 삶도 이렇게 변하고 있는데, 이미 학생 때 자신의 책을 써 본 친구들의 삶은 어떨까? 지금 나의 주위에 있는 사람들보다는 책 쓰기를 덜 막막하게 생각하지 않을까? 그것만 해도 나는 책쓰기의 큰 벽을 넘었다고 생각한다.

나는 책쓰기 강연을 할 때마다 사람들에게 말한다.

'하루 1시간만 투자하세요. 누구나 책을 쓸 수 있습니다.'

하지만 고개를 끄덕이는 사람을 찾기는 쉽지 않다. 오히려 '자신은 절대 책을 낼 수 없다.' 라며 손사래를 친다. 내 책이 그 증거라며, 그 외에도 수많은 책이 증거라며 이야기를 해도 내 말은 허공을 맴돈다. 책쓰기를 배우러 온 사람들도 이렇게 말하는데 일반인들이 생각하는 책쓰기의 벽이 얼마나 높을까? 평범한 사람들은 어떻게 책을 쓰는 것일까?

당신 또한 그들과 조금도 다르지 않다. 이들이 처음 책을 썼을 때처럼 지금껏 쌓아온 지식과 경험, 살아온 이야기를 솔직하게 책 속에 담으면 된다. 거창할 필요도 없다. 지식이 부족하면 더 많은 자료를 공부해서 채우면 되고, 경험이 부족하면 다른 사람의 사례를 인용하면 된다. 무엇보다 누구나 갖고 있는 인생 스토리 자체가 책 속의 훌륭한 재료와 주제가 된다. 독자는 작가의 경험을 통해 간접적인 체험과 교훈을 얻게 된다. 〈하루 1시간, 책 쓰기의 힘〉

그렇다. 여러분의 경험 그리고 살아온 이야기 자체가 바로 스토리다. 그리고 그 경험이 굳이 비범할 필요도 없다. 왜냐하면, 누구나 특별한 인생을 살아가기 때문이다.

물론 가보지 못한 길에 대해서 느끼는 두려움은 당연하다. 나는 책을 쓰는 그 순간까지도 고민하고 또 고민했다. 실제로 초고를 쓰는 동안에도 몇 번 포기했다. 하지만 책을 쓰기로 정한 그 시간에는 어떻게든 모니터 앞을 지켰다. 그리고 필사를 하든지, 책쓰기 영상을 보든지 책쓰기만을 생각했다. 그 결과 나는 7개월 만에 내 생애 첫 책을 내게 되었다. 그래서일까? 독서법을 강연해도 사람들은 늘 책쓰기에 대한 질문을 자주 한다. 그래서 그 질문에 대한 답을 나는 이 책으로 대신하려고 한다. 아마 그런 질문들이 없었다면 이 책은 없었거나 아주 나중에 나왔을 것이다.

많은 사람이 작가는 타고나는 것이라고 말한다. 하지만 나는 분명하게 말할 수 있다. 작가는 만들어지는 것이다. 나는 글을 잘 쓴다는 말을 거의 듣지 못했다. 하지만 읽은 책이 점점 늘어갈수록 지식이 늘어나고, 저절로 지혜가 생겼다. 하고 싶은 말이 생기고, 쓰고 싶은 글이 생겼다.

현존하는 미국의 최고의 작가로 알려진 폴 오스터를 아는가? 천부적 재능을 가진 작가로 수많은 상을 받은 것으로도 유명하다. 하지만 폴 오스터가 어떻게 작가가 되었는지 아는가? 어린 시절 자신의 영웅이었던 야구 선수 윌리 메이스를 만났지만, 연필이 없어서 사인을 받지 못했다고 한다. 그때를 회상하며 폴 오스터는 다음과 같은 말을 남겼다.

"그날 밤 이후, 나는 어디에나 연필을 갖고 다니기 시작했다. 외출할 때는 반드시 주머니에 연필이 들어 있는지 확인하는 것이 습관이 되었다. 그 연필로 뭔가를 하겠다는 특별한 계획이 있었던 것은 아니지만, 늘 준비를 갖추어 놓고 싶었다. 빈손일 때 한 번 당했으니, 다시는 그런 일이 일어나지 않게 할 작정이었다.

다른 것은 몰라도 세월은 나에게 이것 한 가지만은 확실히 가르쳐 주었다. 주머니에 연필이 들어 있으면, 언젠가는 그 연필을 쓰고 싶은 유혹에 사로잡힐 가능성이 크다. 내 아이들에게 즐겨 말하듯, 나는 그렇게 해서 작가가 되었다. 〈왜 쓰는가〉

미국 최고의 작가가 하는 말을 잘 들었는가? 연필을 가지고 다니다 보니 작가가 되었다고 한다. 당신이라고 안 될 것은 무엇인가?

내가 책을 빨리 쓸 수 있던 이유는 첫째 자료였다. 수많은 책을 읽었다. 하루에 한 권 이상 하루도 쉬지 않고 읽었다. 그리고 둘째는 메모였다. 스마트폰과 에버노트 그리고 컴퓨터 바탕화면에는 책의 서평, 영화 감상문, 일상의 모든 것이 메모로 저장되어 있다. 심지어 유튜브를 보면서도 메모했다. 그 메모는 그대로 내 책에 쓰인다. 지금 당신이 읽고 있는 이 책도 마찬가지다. 수많은 자료와 메모가 만나서 나는 책을 쓸 수 있었다. 메모의 양이 어찌나 많은지 지금도 다 읽지 못하고, 음성 메모는 다 듣지도 못하고 있다. 어떨 때는 스스로도 놀라기도 한다.

'내가 언제 이런 말을 했지?, 우와! 내가 이런 생각도 했단 말이야?'

그 말과 생각들은 고스란히 내 책이 된다. 하지만 그 순간을 놓치면 기억되지 않는다.

순간이라는 말의 뜻은 '아주 짧은 동안' 이라는 뜻이다. 그 순간을 놓치면 거의 다시는 생각나지 않는다. 어떤 때는 '꼭 책에 써야지' 라고 기억하려고 애썼지만, 1분도 안 돼서 무슨 생각을 했는지조차 기억나지 않는다. 결국 그때 떠올렸던 영감은 사라지고 없다. 아마 앞으로도 다시 찾아오지 않을 듯하다. 그 이후로 나는 책을 쓸 때마다 늘 비행기 모드를 사용하고 있다. 방해받고 싶지 않기 때문이다. 그래서 많은 사람이 새벽에 독서와 책쓰기를 추천한다. 아무에게도 방해받지 않는 시간에, 온전히 집중할 수 있기 때문이다. 지금도 나는 비행기 모드다.

한번은 책의 저자들을 조사해본 적이 있다. 대학생도 있었고, 중 · 고등학생 있었지만 그러려니 했다. 그런데 초등학생도 있었다. '마음만 먹으면 정말 누구나 작가가 될 수 있겠구나' 라는 생각이 들었다.

'나 자신으로 살기' 가 삶의 목표인 초등학생이다. 2018년 7월 매일 2.5페이지의 글을 쓰며 책을 집필했고, 쓰다 보니 책이 되었다. 〈12살 행복한 달팽이의 저자 소개 중 일부〉

많은 사람이 그 초등학생 작가의 책을 읽고 부끄러움과 감동을 동시에 느꼈다고 한다. 저자 소개 중 '매일 2.5페이지의 글을 쓰며' 라는 말이 눈에 띄었다. 평범한 초등학생이었지만, 꾸준히 쓰다 보니 어느새 책이 되었다고 한다. 작가는 타고나는 것이 아니다. 만들어지는 것이다. 그러니 당신이라고 안 될 이유는 하나도 없다. 초등학생도 자신만의 책을 낼 수 있다. 당신에게 필요한 것은 오직 꾸준함이다. 그 꾸준함의 결과물이 바로 책이다.

05:

## 나는 직장에 다니면서 1인 창업을 준비했다

길을 가는데 만원과 오만 원이 길에 떨어져 있다면 무엇을 줍겠는가?

당연히 대부분의 사람이 오만 원을 선택한다. 이유는 모르겠지만 소수가 만원을 선택한다. 하지만 극소수는 둘 다 줍는다고 말한다. 그리고 그것이 정답이다.

당신이 책을 쓰기로 마음을 먹었다면, 지금 하는 일과 당연히 충돌이 일어날 것이다. 그때 대부분 양자택일을 하려고 한다. 하지만 절대 그럴 필요가 없다고 조언하고 싶다. 새벽 시간이나 자투리 시간만 잘 이용해도 책을 쓰기에는 절대 부족하지 않다. 그래도 양자택일을 하고 싶다면 1년 혹은 더 이상의 유예기간을 뒀으면 한다. 왜냐하면 당신의 이름으로 된 책이 나온다고 갑자기 돈을 잘 번다거나, 단번에 인생이 변하는 것이 아니기 때문이다. 장강명 소설가의 이야기를 들어보자.

나는 당장 데뷔해서 전업 작가가 되고 싶은데 어쩔 수 없이 취직해서 밥벌이를 하게 됐다면 아주 좋은 겁니다. 〈유튜브 성장문답〉

첫 번째 책이 나온 지금도 직장에 다니고 있고 앞으로도 어느 정도까지는 유지할 예정이다. 말했듯이 현재 책이 나온다고 갑자기 돈을 버는 게 아니기 때문이다. 물론 강연 등의 기회가 올 수도 있다. 하지만 불확실한 미래 때문에 현재 직장을 포기한다면 나중에 후회할 일이 생길지도 모른다.

내 주위에도 함께 책을 쓰기 시작한 작가들이 있다. 몇몇은 직장생활이 우선이라 퇴직 이후에 책을 쓰노라 다짐했고, 몇몇은 책쓰기가 우선이라 직장에 과감히 사표를 던진 사람도 있다. 나는 그 모습을 지켜보면서 '워라밸이 필요하겠구나' 라는 생각이 들었다. 일과 삶의 균형을 잡아야지, 어느 한 부분을 무너뜨리는 것이 균형이 아닌데 그들이 잘못 생각하고 있다는 생각이 들었다.

'나중에 하겠다' 라는 말은 대부분 '안 하겠다' 라는 말과 같다. '지금 할 수 없다' 라는 말은 '나중에 할 수 없다' 라는 말과 같다. 나중에는 다른 이유로 바쁘다. 시간이 지나면 또 다른 이유로 바쁘다. 지금까지의 삶이 그렇지 않은가? 책쓰기도 마찬가지다. 처음에 마음을 다잡지 못하면 시간이 갈수록 처음에 열정이 희미해져 간다. 초고를 빨리 써야 하는 이유도 마찬가지다. '지금 아니면 할 수 없다' 라는 마음가짐으로 해야 한다. 그래야 끝낼 수 있다.

초고는 단기전이다. 6개월 안에, 가능하다면 더 짧은 시간에 승부를 봐야 한다. 첫 번째 책의 초고를 쓰는 동안 세 번이나 포기했다가 다시 펜을 잡았다. 끝이 없는 동굴을 헤매는 기분이 들었고 책이 나올 것인지 불안한 예감마저 들었다. 아마 그때 내가 직장까지 그만뒀다면 더 이상의 책쓰기는 불가능했을 것이다. 하루하루 불안한 마음을 극복할 수 있었던 것이 바로 직장 생활이었기 때문이다.

내 책이 세상에 나올 수 있었던 것은 내가 책쓰기에 올인하지 않았기 때문이다. 플랜 B, 플랜 C까지 세워두고, 직장과 일에 균형을 잡았기 때문이다. 내 책이 1,000:1의 경쟁률을 뚫지 못하고, 1년 후에 나온다는 생각과 전혀 다른 주제로 써야 할지도 모른다는 계획까지 세워두면서 책쓰기를 계속했다. 직장에 다니고 있었기 때문에 어떤 시도도 할 수 있었다. 직장에서는 직장대로 일하고, 책쓰기는 나만의 시간에 집중해서 계속해 나갔다. 그리고 책이 나온 이후에도 똑같은 일을 하고 있다. 그러면서 두 번째 책을 준비하고 있다.

나는 아직도 수많은 교육과 강좌를 수강하고 있고, 앞으로도 더 수강할 예정이다. 오늘 아침에도 꼭 참여하고 싶었던 교육과정을 경제적인 이유로 취소하며 고민했다.

'모아놓은 예금도 점점 사라지는데 큰일 났다. 그런데 육지에 교육을 받으러 가고, 신용카드한도 초과해가면서 이렇게 아슬아슬하게 살다 보면 큰일 나는 거 아냐?'

재정전문가는 이미 나에게 파산을 예고할 정도로 심각한 상태로 살아가지만, 나에게는 비장의 무기가 있다. 바로 '월급' 이다.

말했듯이 직장이 아니었다면 나도 이미 예전에 이 생활을 포기했을 것이다. 내 이름으로 된 책도 없었을 것이고, 평범한 직장인으로 평생을 살아갔을 것이다. 행복을 느끼는 이 생활도 없었을 것이다.

지인 중 한 사람은 책쓰기에 올인했다. 책도 다 쓴 상태고 아는 사람의 도움도 있고 '무조건 성공할 것이다' 라는 생각으로 직장을 그만뒀다고 한다. 그 사람이 너무 걱정되었다. 읽었던 책에서 '절대 회사를 나가지 말라고 하던데, 당분간은 유지해야 한다고 하던데' 고민이 되었다. 결국 그 책은 나오지 못했다. 그리고는 다른 직장에 다시 취업했다고 한다. 다행히 책쓰기를 다시 시작했다고 하지만 차라리 처음부터 직장과 병행했다면 어떨까? 분명히 더 빨리 책이 나왔거나 하루하루 불안하지는 않았을 것 같다.

전업 작가는 정말 어렵다고 한다. 심지어 대통령보다 더 힘들다고 한다. 장강명 소설가의 이야기를 조금 더 들어보자.

어느 날 갑자기 신문사 그만두고 소설가를 하라고 하면 그건 용기가 안 나서 못 했을 것 같고 중간에 징검다리로 좋았던 거 같아요. 나는 너무 글을 쓰고 싶은데 전업 작가가 되면 굶어 죽을까 봐 망설이는 분들이 있어요. 그런데 꼭 양자택일할 필요는 없으니까… 〈유튜브 성장문답〉

그렇다. 굳이 하나만을 선택할 필요가 없다. 그래도 나는 올인하고 싶다는 생각이 든다면 13년 차 에디터인 양춘미 작가의 말을 들어보자.

여러분, 책을 쓰는 목적에서 '인세'를 고려하지 않길 바랍니다. 솔직하게 말해, 자신의 일이 있고 주 수입이 있는 상황에서 부수입 정도로 인세를 생각하면 괜찮겠지만 전업 작가를 고려하여 출판으로 뛰어드는 건 매우 리스크가 큰 일입니다. 〈출판사 에디터가 알려주는 책쓰기 기술〉

당신이 매우 큰 리스크를 껴안지 않았으면 한다. 굳이 오만 원짜리나 만 원짜리 지폐 하나를 선택하지 않기를 바란다. 나는 앞으로도 직장인인 상태로 많은 책을 출간할 것이다. 직장은 바뀔 수도 있고 괜찮다면 전업 작가로 강연가로 변신할 수도 있을 것이다. 긴 시간을 둘 것이고, 확신이 있을 때 그렇게 할 것이다. 당신이 만약 책을 쓰기 위해 사표를 쓰겠다는 생각을 했다면 조금만 더 고민했으면 한다. 책은 당신이 생각했던 성공을 주지 못할 수도 있다. 그저 기회를 줄 뿐이다. 그러니 그런 이유로 절대 직장을 포기하지 말라. 그리고 책쓰기도 결코 포기하지 말라.

## 06:

## 평범한 직장인이 7개월 만에 작가가 되다

2월 25일. 혹시 무슨 날인지 아는가? 바로 〈하루 1시간 독서습관〉의 출간 계약을 한 날이다. 아직도 그날의 대화가 기억날 정도로 나에게는 생생하다. 얼마나 황송하던지 일어서서 전화를 받았다. 지금은 이 마음을 이해하기 어렵겠지만, 어느 날 당신의 소중한 원고를 보낼 때 내 마음을 이해할 수 있을 것이다. 을의 마음으로 수많은 출판사에 원고를 보내며, 간절하게 '보내기' 버튼을 눌렀다. 그 간절함에 대한 응답이었을까? 10분 만에 나는 작가가 되었다. 평범한 직장인이었던 내가 작가가 된 것이다. 더 놀라운 것은 책쓰기를 시작한 지 7개월 만에 책이 출간되었다는 사실이다.

전국 서점은 물론 심지어 제주도에서도 내 책을 볼 수 있었다. 어머니는 아들의 책이 나온다는 소식에 감격하셨다. 책 출간이 되기도 전에 시간만 나면 서귀포 한 서점으로 달려가셨다. '이 책이 베스트셀러라며, 교보문고에서 44위까지 했다' 라면서 자랑을 하셨다. 결국 내 책은 무사히 그 서점에 안착했다. 덕분에 제주도의 지인들이 수많은 인증샷을 찍을 수 있었다.

평범한 직장인이 어떻게 7개월 만에 작가가 되었을까? 바쁜 일정을 유지하면서도 3개월 만에 초고를 마쳤다. 책쓰기를 한번 도 해본 적 없던 사람이, 심지어 글쓰기 교육도 제대로 받지 못한 내가 어떻게, 이렇게 빨리 책을 낼 수 있었을까? 수많은 이유가 있겠지만, 먼저 좋은 멘토를 만난 것과 독서량에 있다고 말하고 싶다.

작년 7월부터 새벽경영연구소장인 김태진 대표에게 책쓰기를 배우게 되었다. 새벽을 깨우는 모임과 컨설팅을 통해서 나보다 한참 앞서가고 있는 멘토를 만나게 되었다. 그리고 나는 그 지혜를 배우길 원했고, 그 답 중의 하나가 바로 책쓰기였다.

7월에 책쓰기 과정이 있다는 소식을 들었지만, 선뜻 참여하려니 큰 고민이 되었다. 제주도와 육지를 오고 가야 했는데, 하필 성수기였다. 7주간의 교육을 받기 위한 항공료만 100만 원이 넘어갔던 것으로 기억한다. 거기다 책쓰기 수강료까지……. 혼자 경제적인 문제를 해결해야 했기에, 쉬운 결정이 아니었다. 하지만 어떤 확신이었을까? 나는 과감하게 책쓰기 과정을 등록하고 험난한 7주 과정에 함께 하기로 했다.

대표님과 많은 이야기를 나누며, 어떤 책을 써야 할지 이야기를 하다가 독서로 점점 이야기는 좁혀졌다. 하지만 문제는 나는 독서를 좋아할 뿐, 독서 전문가가 아니었다. 그래서 그 고민을 토로하자 나는 잊을 수 없는 대표님의 답변을 듣게 된다. 아직도 그때를 생각하면 아찔하다.

'독서와 관련된 책 100권만 읽으세요. 그럼 돼요'

몇 년은 걸릴 것 같았던 그 과정은 생각보다 빨리 끝났다. 그런데 정말 신기한 일이 벌어졌다. 나도 모르게 독서에 대한 안목이 생긴 것이다.

어떤 책은 한 줄이 남았다. 어떤 책은 한 문장이 남았다. 어떤 책은 책 전체가 남았다. 한 책을 1주일 넘게 붙잡고 있기도 했다. 포스트잇으로 도배된 책을 넘기기 힘든 적도 있었다. 하지만 꾸준히 기록하고 또 사진으로 남겨두었다.

100권이 넘는 책을 모두 정리하고, 내 집필은 시작되었다. 재미있게도 모아 놓은 자료의 1/4도 쓰지 못하고 책은 완성되었다. 심지어 원고 분량을 한참 넘겼다. 자료로만 따진다면 1,000쪽이 넘는 책을 쓸 수 있었을 것이다. 그래서 나는 예비작가에게 이 말을 꼭 남기고 싶다. '자료가 책쓰기의 생명이다' 라고 말이다.

이번에는 책쓰기를 주제로 집필하기로 했다. 그래서 내가 무엇을 했는지 아는가? 당연히 자료를 모았다. '책쓰기' 라는 글자가 들어가는 모든 책을 빌리고, 사고, 읽었다. 그리고 천천히 재독 했다. 그리고 하고 싶은 말을 천천히 적기 시작했다. 6월 3일부터 시작된 책쓰기는 하루에 한 꼭지가 넘게 완성되고 있다. 오늘은 3일째다. 이 속도라면 예정했던 7월이 되기 전에 이 책의 초고는 끝날 것이다.

내가 초고를 3개월 만에 모두 마칠 수 있었던 비결은 바로 자료였다. 짧은 기간 동안 틈날 때마다 많은 독서를 했고, 모든 자료를 모았다. 책을 읽었고, 유튜브 영상을 봤고, 모아 놓은 자료들을 훑어보았다. 한번 볼 때는 스쳐 지나갔던 자료들이 두 번 볼 때는 멋진 사례로 태어났다. '양이 질을 이긴다는 것' 을 나는 그때 절감했다. 아마 좋은 책만 읽었거나, 좋은 사례만 찾았다면 그렇게 빠른 시간에 한 권의 책이 탄생하지 못했을 것이다. 하지만 나는 닥치는 대로 책을 읽었고, 작년에 산 컴퓨터가 고장이 날 만큼 수많은 자료를 모았다. 그 자료는 내 책에 담겨있다.

새로운 책을 준비하며 얼마 전 그동안 모은 자료가 엄청난 용량을 자랑했다. 책의 모든 부분이 아니라, 쓰고 싶은 부분, 영감을 준 부분을 정리했을 뿐인데, 단순 계산해도 4만 장이 훨씬 넘는 파일이 나를 기다리고 있었다. 책 쓰기의 대부분인 자료 수집이 끝났다. 그럼 다음 순서는 무엇일까? 그렇다. 바로 책 쓰기다. 여러분도 이제 한 달 후면 작가로 태어나는 것이다.

나는 평범한 직장인이었다. 주위에서 아무도 작가가 될지 몰랐다고 한다. 하지만 어느 날 나는 고민에 휩싸이게 된다.

'10년 후에는 나는 무엇을 하고 있을까?, 지금 이 일로 나는 행복할까?'

답이 나오지 않았다. 늘 늦은 밤 귀가해서 아내와 아이들을 볼 수 없는 그런 생활은 싫었다. 고심 끝에 나는 작가가 되기로 했다. 물론 작가가 되었다고 갑자기 내 인생이 180도 바뀐 것은 아니다. 아직도 나는 여전히 직장인이다. 하지만 나에게 또 다른 이름이 생겼다. 바로 작가라는 이름이다.

수많은 사람이 나에게 작가라고 부르며 조언을 구한다. 이 행복감은 무엇과도 바꾸기 싫을 정도다. 나는 남이 정해주는 삶을 거부하고, 내가 원하는 길을 가고 있다. 내가 원하는 삶이라! 말만 들어도 가슴 뛰지 않는가? 99%의 사람은 그런 길은 없다고 말하며, 뜯어말리기부터 한다. 그래서 세상에 작가는 1%인 것 같다. 가슴 뛰는 삶을 살아가는 1% 말이다.

07:

## 자신의 경험을 과소평가하지 말라

당신의 경험과 지혜가 돈이 된다.

〈백만장자 메신저〉라는 책의 부제다. 사람들은 자신의 경험을 무시한다. 누구나 겪는 일이라 치부한다. 하지만 그렇지 않다. 심지어 같은 경험이라고 하더라도, 아직 그 길을 가보지 못한 사람에게 당신의 조언은 큰 등불이 될 수도 있다. 아마 다른 작가의 책이 없었다면, 혹은 멘토를 만나지 못했다면 나는 절대 책을 쓰지 못했을 것이다. 독학으로 책 쓰신 분들을 많이 봤는데 2~3년 정도의 시간이 걸렸다고 한다. 그런데 나는 책과 유튜브를 보면서 그 시간을 기하급수적으로 줄일 수 있었다. 시간은 누구에게나 공평하고, 억만금을 줘도 살 수 없는 귀중한 자원이다. 그래서 여러분의 경험은 중요한 것이다. 어떤 분야든 컨설턴트가 존재하는 이유고, 여러분이 그 컨설턴트가 될 수도 있는 이유다.

'내가 살아온 인생을 책으로 쓰면 전집을 쓰고도 남을 거야!'

어른들이 흔히 하는 말이라고 생각했지만 1,000권 정도의 책을 읽으면서 나는 그 흔한 말이 진실이었음을 깨달았다. 사실 누구에게나 성공과 실패의 경험들이 있다. 자신은 그것이 누구나 경험하는 별것 아닌 일이라고 생각하지만, 그 시간을 아낄 수 있다면 얼마나 좋을까? 그런 조언을 얻기 위해 오늘도 수많은 사람이 컨설팅을 받는다.

어쩌면 책을 쓴다는 것은 자신이 경험했던 일, 축적했던 지식을 쓰는 것이다. 누군가 내 책을 보고 독서를 하게 된다면, 누군가 내 책을 보고 책을 내게 된다면 얼마나 행복할까? 첫 책을 낸 후 지인과 여러 독자에게 메일과 카톡을 받았다. '덕분에 난생처음 책을 읽는다' 라는 말을 들을 때 나는 너무 행복하다. 누군가 당신의 책을 보면서, 또 당신이 한 말을 들으면서 실패하지 않고, 성공으로 가는 길을 제대로 찾아간다면, 당신의 기분은 어떨까?

저자 강연을 하면 가장 많이 받는 질문 중 하나가 다음과 같다.

'독서 하면 뭐가 좋나요?'

그럼 나는 어떤 말을 해야 할지 고민하게 된다. 독서의 이점이 너무 많기 때문이다. 그래서 최근에는 늘 다음과 같이 말한다.

'만약에 어떤 사람이 평생 쌓아온 지식을 여러분에게 준다면, 심지어 그 지식이 2만 원도 안 하면 여러분 그 지식을 꼭 사야 하지 않겠습니까? 책의 좋은 점은 너무 많아서 며칠 동안 이야기해도 부족합니다. 하지만 만약 딱 하나만 말한다면 저는 간접경험 때문이라도 말하고 싶습니다. 저는 그 간접경험으로 2년 동안 1,000권이나 되는 책을 읽었고, 7개월 만에 책을 출간했습니다. 심지어 지금은 두 번째 책 또한 집필하고 있습니다.'

사실 독서의 이로움을 모르는 사람은 적다. 하지만 독서를 하지 않는다. 왜 독서 해야 하는지, 어떻게 독서 해야 하는지, 어떤 책을 읽어야 하는지 아는 사람이 적기 때문이다. 심지어 우리나라는 독서 하는 문화도 아니다. 수많은 사람이 스마트폰 게임이나 영상을 보면서 그저 시간만 때우는데, 그런 환경에서 독서 하기는 분명 쉽지 않다.

독서를 통해 삶을 바꾼 사람은 수도 없이 많다. 그 사람들 이야기로도 쓸 공간이 부족할 정도로 차고 넘치게 많다. 하지만 사람들은 여전히 독서 하지 않는다. 몸소 체험하지 못했기 때문이다. 그런 환경에서 누군가 처음으로 내 책을 읽고, 내가 추천하는 책을 본다며 이야기할 때마다 나는 책을 정말 잘 썼다고 생각한다.

"이런 경험은 누구나 하는 것 아닌가요?"라며 자신의 경험을 특별하게 생각하지 않을 수도 있다. 하지만 독자들은 저자의 경험에서 우러나온 이야기에 공감하고, 희망을 품고 꿈을 갖는다. 당신이 보잘것 없다고, 평범하다고 생각했던 경험이 누군가에게 다시 일어설 수 있는 용기를 갖게 한다. 〈하루 1시간, 책 쓰기의 힘〉

여러분의 경험은 유일하다. 일상의 경험에서 오히려 많은 것을 깨달을 수도 있다. 당신의 경험은 특별하다. 그러니 절대 자신의 경험을 과소평가하지 마라.

최근 〈계단을 닦는 CEO〉라는 책을 읽었다. 읽으면서 탄식 소리가 끊이지 않았던 책이다. '이런 삶이 있을까?' 싶을 정도로 마음이 아팠다. '눈곱만큼이라도 도움이 되고 싶었다' 라는 저자의 바람처럼 아마 많은 사람이 분명 위로를 받았을 것이다.

한편 사람들은 너무 쉽게 위로를 한다. 하지만 같은 일을 겪지 않은 사람은 결코 진심으로 위로할 수 없다. '그 마음 내가 안다' 라고 하지만, 같은 일을 겪지 않고는 절대 알 수 없다. 차라리 곁에서 아무 말 없이 함께 있어 주는 것이 더 좋을 때도 있다.

〈말은 운명의 조각칼이다〉를 쓴 이민호 작가는 어느 날, 아는 동생을 만나게 된다. 그 동생이 '장례식장에 와줘서 고마웠어요, 가장 큰 힘이 되었습니다' 라며 이야기를 건네는데 재미있는 것은 그다음이다. 이민호 작가는 자기가 무슨 위로의 말을 꺼냈는지 기억이 나지 않는 것이다. 한 사람에게 그렇게 큰 위로가 되었다는데, 자신이 기억조차 못 한다니! 자책감이 생겼고 용기 내서 그 동생에 물어봤다고 한다.

'정말 미안한데, 내가 그때 뭐라고 했니?'
'형, 그때 아무 말도 안 했어요. 그래서 가장 큰 위로가 되었어요'

나는 장례식장에 갈 일이 많았다. 그때마다 무슨 말이라도 해야 한다는 강박감이 있었지만, 무슨 말을 해야 할지 알 수 없어서 늘 답답하기만 했다. 하지만 나는 이민호 작가님의 강연을 본 후에는 말을 아꼈다. 그리고 조용히 옆에서 함께 시간을 보내기만 했다. 그 이후

'가장 큰 위로가 되었고, 함께 힘든 시간을 보내줘서 고맙다' 라는 인사를 자주 들었다. 그 강연이 아니었다면 나는 아직도 무슨 말이라도 해야, 그 사람이 위로를 받을 것이라는 고정관념에 붙잡혀 있었을 것이다. 하지만 이민호 작가가 자신의 경험을 공유함으로써 나는 다른 선택을 하게 되었다.

**삶에서 무의미한 경험은 없다.**

내가 가장 좋아하는 말 중에 하나다. 피자 배달을 하며, 신문을 돌리며, 또 공장에서 용접하면서, 지옥의 아르바이트라는 택배 상 · 하차 알바를 하면서도 나는 그 말을 되새겼다. 이 경험이 모여 내 책에서, 내 강연에서 그리고 블로그와 유튜브에서 똑같은 삶을 사는 누군가에게 힘이 되기를 바랐다. 그리고 이 일은 여러분도 가능하다. 내 주위에는 독특한 이력을 가지신 분이 많다. 하지만 자신들은 그저 평범한 삶이라고 이야기한다. 하지만 절대 그렇지 않다. 세상에 하나밖에 없는 것이 당신의 삶이다. 그러니 이제부터 다시는 자신의 경험을 과소평가하지 말라. 그리고 그 경험을 책으로 써라. 다른 사람들에게는 힘과 위로를 줄 것이다. 그 행복감은 말로 다 할 수 없을 것이다

## 08:

# 모든 순간이 글쓰기의 좋은 재료다

'그러다 책 내겠어요'

김민식 작가의 말이다. 2019년 6월 어느 날 김민식 작가와 그 팬들을 만날 기회가 있었다. 영어 암기를 위해서 만났지만, 이후 2차 행사에서 우리는 삶을 나눴다. 그때 나는 블루투스 키보드를 꺼내서 모든 것을 기록하기 시작했다. 제주도의 카페에서 일하시는 분, 교사로 은퇴하고 연금을 받으며 자신만의 삶을 사는 분, 가톨릭대 독서교육학과에 등록하신 분 등. 다양한 삶만큼 다양한 이야기가 존재한다. 그리고 절대 같은 이야기는 없다. 내 손은 이 순간을 기억하기 위해서 바삐 움직인다.

나는 기록하는 것을 좋아한다. 사진을 이쁘게 찍지는 못하지만, 모든 순간을 기억하기 위해 사진으로 남겨둔다. 그리고 작년부터 생긴 습관이 바로 메모하는 습관이다.

당신은 저번 주 주말 오후 3시에 무엇을 했는가? 한 달 전 그 시간에는 무엇을 했는가? 당신이 나에게 묻는다면 나는 아마 스마트폰을 들고 이렇게 말할 것이다.

'그때는 이런 일이 있었어. 그리고 나는 다음 책에 그 이야기를 담을 거야'

어떤 분은 나에게 다음과 같은 말로 핀잔을 준다.

'선생님 폰은 너무 불쌍하다. 그렇게 많은 정보를 저장하는 것 보니 폰이 얼마나 힘들겠어? 폰이 너무 불쌍해.'

가끔 나도 내 폰에 가득한 메모와 엄청난 양의 책을 보면 깜짝 놀랄 때도 있다.

'언제 이만큼 책을 읽었지?'

나는 하루에 3시간 이상 독서 한다. 매일 새벽 1시간, 출근하면서 1시간, 퇴근하면서 1시간. 그리고 1분이라도 자투리 시간이 나면 나는 독서 앱을 켠다. 한쪽이라도 본다. 그 한쪽이 모여서 책이 된다.

자투리의 뜻을 아는가? 자투리라는 말은 원래 옷을 재단하고 남은 조각 천을 뜻한다고 한다. 옷을 재단하고 남은 조각이라고 하니 얼마나 작았을까? 하지만 그 작은 조각들이 모이고 모이면 어떤 일이 생길까? 만약 자투리 시간을 잘 활용하면 어떤 일이 생길까?

수많은 사람이 출 · 퇴근 시간에 무의미하게 스마트폰을 보며 시간을 보낸다. 게임을 하거나, 음악을 듣거나, SNS를 한다. 인생에 무의미한 경험은 없다지만, 과연 그 시간에 게임을 해서, 음악을 들어서, 또 SNS를 해서 나아지는 것이 있을까? 왜 이 시간에 책을 보지 않을까? 왜 이 순간을 기록하지 않을까? 다시 못 올 이 순간에 왜 집중하지 못할까?

조금만 시선을 달리해도 세상은 달라 보인다. 나는 책을 읽으며, 연인들의 대화를 듣기도 하고, 아이와 부모의 이야기를 듣기도 한다. 노인들의 이야기를 듣는다. 바로 살아있는 이야기를 듣는 것이다. 무신경하게 지나쳤던 모든 것들이 사실 책쓰기의 좋은 재료가 된다.

'기록하지 않으면, 기억되지 않는다'

이 순간이 지나면 잊는다. 그래서 메모가 중요하다. 사람들과 모임을 할 때 나는 늘 블루투스 키보드를 꺼낸다. 또 사람들은 '황작가. 그러다가 또 책 쓰겠어' 라며 장난을 친다. 나는 깜짝 놀란다. 실제로 그 모든 것이 책쓰기의 재료가 되기 때문이다. 그것도 살아있는 재료 말이다.

사람들은 늘 말한다. 말이 얼마나 중요할까? 언어가 달라지자 사람들은 각자의 길을 갔다고 성경에 나오지 않는가? 말은 사람들을 이어준다. 글과 책도 사람을 이어준다. 이렇게 당신과 내가 만난 것처럼 말이다.

당신은 지금 어떤 순간을 보내고 있는가? 말했듯이 세상에 무의미한 경험이 없듯이, 무의미한 순간도 없다.

'순간의 선택이 평생을 좌우한다'

여러분은 지금 어떤 선택을 하는가? 왜 그런 선택을 하는가? 한번 쭉 적어보라. 적으면서 정리하다 보면 좀 더 객관적으로 자신의 선택을 바라볼 수 있지 않을까?

제주도와 육지를 오가며 수많은 강연을 듣고 있다. 녹음하고, 정리하고, 다시 나의 말로 소화해본다. 그 메모가 쌓이고 쌓이자, 어느 순간 나는 어떠한 강연 자리에서도 자연스럽게 말할 수 있게 되었다. 물론 떨리는 마음은 감출 길 없지만, 하고 싶은 말만 있다면, 말하는 것은 어렵지 않다.

친구와 하루종일 수다를 떨면서도 늘 시간이 부족하다고 느끼지 않는가? 나도 마찬가지다. 세상에 하고 싶은 말이 너무 많이 있다. 하지만 당신과 나의 차이는 단 하나 바로 기록이다. 나는 모든 순간을 기록했다. 그래서 책이 되었다. 그러니 당신도 할 수 있다.

최근 책쓰기를 준비하며 엔터스코리아의 양원근 대표의 영상을 자주 보게 되었다. 재미있는 일화가 있어서 소개하고자 한다

한 작가가 찾아왔는데, 원고를 보니 시장성이 없어 부여서 반려했다. 2년 후 또 그 작가가 찾아왔지만, 시장성이 없어 보여서 반려했

다. 그 작가는 아쉬워하며 발걸음을 돌려야 했다. 그러던 어느 날 비트코인으로 3개월 만에 3억을 벌었다는 소식을 전했다. 그 소식을 듣자마자 양원근 대표는 '그 이야기를 책으로 써라. 반드시 된다' 라고 했다고 한다. '이런 것으로 무슨 책을 쓸 수 있나요' 라고 반문했지만, 그 작가는 대표님을 믿어보기로 한다. 그리고 그 책은 2달 만에 2만 부나 팔리게 된다. 그리고 비트코인 전문가로서 화려한 변신을 하게 된다. 언론매체는 물론 국회에서도 강연했다고 한다. 강연 등 부가 수입으로 무려 150억 원 정도를 벌었다.

그렇다. 본인은 아무것도 아니라고 생각한 주제였지만, 자신의 인생을 송두리째 바꾼 한방이 된 것이다. 여러분의 삶도 마찬가지다. 여러분의 경험과 지식은 경험은 결코 사소하지 않다. 말했듯이 여러분의 경험을 과소평가하면 안 된다. 실패했다면 실패의 경험이, 성공했다면 성공의 경험이 다른 누군가에게는 값진 기록이 된다. 누군가에게 도움이 되는 삶, 즉 메신저의 삶을 살아보는 것이 어떤가? 누군가에게 도움이 된다는 생각만으로도 행복하지 않은가?

현대 사회에는 전문가가 필요하다. 누군가 자신의 경험과 지식을 나눠주면 얼마나 고마울까? 개인적으로 심지어 사회적으로도 득이 되는 일이다. 이 일을 당신이 할 수 있다. 모든 순간이 글쓰기다. 그리고 그 글은 책으로 남아서 세상에 남아서 다른 사람을 행복하게 할 것이다. 그리고 무엇보다 당신의 현재가 행복해질 것이다. 사람들이 '작가님, 그리고 전문가' 라고 칭하는 상상만 해도 행복하지 않은가? 당신이 이미 전문가이며, 작가다. 그저 쓰기만 하면 멋진 책으로 당신에게 돌아올 것이다. 그리고 당신의 삶은 분명 이전과 같지 않을 것이다.

09:

## 지겹도록 변하지 않던 인생이 바뀌었다

책을 쓰고 생긴 가장 큰 변화는 바로 주위의 반응이었다. 어머니는 만나는 사람마다 '내 아들이 책을 썼다'라며 자랑하셨고, 친구들은 '대단하다'라며 엄지손가락을 치켜들었다. 가장 좋았던 것은 연락이 끊겼던 사람들의 연락이었다. 카카오톡, 페이스북, 인스타 등 SNS에서 책 출간 소식을 접하고는 연락이 왔다. 그중 몇 년째 연락이 이어오고 있는 형님은 이렇게도 말씀하셨다.

'이제 너를 동생이라고 부를 수가 없을 것 같다. 스마트폰에 저장된 이름도 이미 황준연 작가님으로 바꿨다. 정말 자랑스럽고, 평생 책 읽어본 적이 없지만, 이 책은 꼭 읽어볼게'

내 책을 읽은 사람들이 '작가님 덕분에 저도 책을 읽어봅니다. 작가님 덕분에 인생이 변했습니다' 라는 말을 꿈에서도 들을 정도로 간절히 소원했는데, 이미 그런 일이 벌어지고 있었다. 이외에도 안면도 없던 사람들이 블로그와 문자로 '처음으로 독서를 하기로 했습니다, 처음으로 블로그를 해보기로 했습니다.' 라는 소식을 전해왔다.

책을 읽고 변화된 사람을 보는 것도 즐거웠지만, 내가 점점 변해가는 것을 보는 것도 놀라웠다. 바로 그렇게도 지겹도록 변하지 않던 내 인생이 바뀐 것이다. 생애 처음 책을 내면서 나는 마치 다시 태어난 듯했다. 만나는 사람마다 나는 '작가님' 으로 불렀고, '나는 안돼' 라고 생각했던 학습된 무기력이 '이제는 뭐든지 할 수 있다' 라는 성장형 마인드셋으로 변화하고 있었다.

물론 보통 사람이 첫 책을 내기는 어렵다. 괜히 세상의 작가가 1% 밖에 없을까? 하지만 불가능은 아니다. 나이키의 광고처럼 그냥 하면 된다. 앞서 나온 12살의 전여진 작가를 생각했으면 한다. 꾸준히 하면 누구나 가능하다. 문제는 그 꾸준함이 힘들다는 것이지만 말이다.

나는 수많은 오프라인 · 온라인 모임을 하고 있다. 온라인으로 사람들과 모임을 할 때는 늘 신기한 현상이 있다. 바로 신청만 하고 한 번도 안 하는 사람이 많다는 것이다. 금액은 적게는 1만 원부터 5만 원 정도인데 단 한 번도 참여하지 않는 사람이 있다. 그 사람도 분명히 처음에는 '변해보자!' 라는 굳은 의지로 시작했을 것이다. 하지만 그렇게 시작했는데 작심삼일도 아닌 시작하자마자 끝나는 경우가 부지기수다. 당신은 어떤가? 이런 생활을 후회하지 않는가?

'후회' 라는 단어를 생각하면 당신은 어떤 생각을 하는가? 나는 우연히 본 웹툰의 이미지가 선명하게 기억난다. 대략적인 내용은 다음과 같다.

33살의 백수인 사람의 푸념으로 이야기는 시작된다.

'5년만 젊었더라면, 정말 더도 말고 5년만 젊었더라면 정말 열심히 살 텐데. 허송세월 안 보내고 정말 열심히 살았을 텐데. 28살 그때로만 보내준다면. 아직 용기 있고 패기 있던 그때로만 보내준다면 정말 후회 없이 열심히 살 텐데. 뭐라고 한가지 이뤄낼 텐데….'

그다음 장면은 38살의 동일 인물이 나온다. 그리고 그는 또 푸념을 시작한다.

'5년만 더 젊었더라면, 더도 말고 33살 때로만 돌아갈 수 있다면. 33살의 나두야로만 돌아갈 수 있다면 정말 날개 달고 훨훨 날 텐데!! 5년만 더 젊었더라면!!!. 신이시여, 5년 전으로만 돌려보내 주시면 당신에게 제 영혼을 팔겠사옵니다. 정말 술도 안 먹고, 여자도 안 만나고 열심히 살게요. 오, 신이시여!! 한 번만 기회를 주소서!!!'

주위 사람들의 반응에도 아랑곳없이 그는 소리를 지른다. 그만큼 후회하고 있는 듯했다. 그 순간 꿈에서 깨면서 33살의 백수로 돌아간다. 그리고 어디론가 바쁘게 나가면서 웹툰은 끝이 난다.

많은 사람들이 과거지향적으로 살아간다. 그래서 후회만 하며 살고 있다.

'그때, 이렇게 할 걸. 아! 내가 왜 그랬을까?'

하지만 그렇게 후회한다 해도 바뀌는 것은 하나도 없다. 오직 당신이 바꿀 수 있는 것은 오늘이다. 그리고 그 오늘을 바꾸면 당신의 미래가 바뀐다. 그리고 과거도 새로운 의미로 바뀔 수 있다.

요새 사람들은 너무 바쁘다. 하지만 더 큰 문제는 왜 바쁜지 모른다는 것이다. 힘들게 공무원 시험에 합격하고, 대기업에 들어가면 인생이 바뀌는 줄 안다. 하지만 기쁨은 합격했을 때 그때뿐이다. 그렇게 꿈꾸었던 공무원이 되었지만, 그렇게 목숨을 걸었던 대기업에 입사했지만, 어느 날 돌연 퇴사하는 경우가 부지기수다. 왜 그럴까? 아무것도 변하지 않았기 때문이다. 금방 적응하기 때문이다. 취준생에는 취업이 꿈이지만, 그 취준생이 취업하면 다른 생각을 하게 된다.

인생을 바꾸는 데는 단 세 가지 방법밖에 없다고 한다.

첫 번째는 시간을 달리 쓰는 것이고,
두 번째는 사는 곳을 바꾸는 것이며,
세 번째는 사귀는 사람을 바꾸는 것. 〈난문쾌답〉

이 중에서 나는 첫 번째를 강조하고 싶다. 당신은 당신의 시간을 어떻게 쓰고 있는가? 내일이 바뀌기를 꿈꾸면서도 오늘도 똑같은 곳에서, 똑같은 시간을 보내고 있지 않는가? 어제의 삶이 오늘을 결정하듯이, 오늘의 삶이 내일을 결정한다. 오늘 무엇인가 하지 않으면 내일은 똑같을 수밖에 없지 않을까?

한 권의 책을 써보면 어떨까? 물론 책을 쓴다고 인생이 드라마틱하게 변하지 않을 수도 있다. 하지만 그 과정에서 한 분야의 전문가가 될 수 있다. 세상은 그 전문가를 가만두지 않는다. 예상치 못한 기회가 당신에게 다가온다. 지겹도록 변하지 않던 인생이 한순간에 바뀔지도 모른다. 그리고 책을 쓰고 삶이 변한 사람은 수도 없이 많다. 나처럼 당신도 지겨웠던 삶을 청산하지 않겠는가? 5년 후, 10년 후에 지금처럼 살고 싶은가? 지금까지 산 것처럼 앞으로도 그렇게 살 것인가? 아니라면 오늘 바꿔야 한다.

어느 베스트셀러 작가의
일화를 들었다.
마감 날까지 한 줄도
못 적었다고 한다.
베스트셀러 작가도 첫 문장이 어렵다.
첫 문장이 두렵다.
당연히 처음 책을 쓰려는
당신도 첫 문장이
두려울 것이다.

PART 03

# 하루 1시간 투자로 책쓰는 3단계

Part
03

## 01 :

# 어떤 책을 쓸 것인지 장르와 분야 정하기

고민 끝에 세운 삶의 방향은 사람의 마음을 이해하고 치료하는 정신과 의사의 역할을 넘어 사람들의 잠재력을 계발하고 정신을 훈련하는 멘탈 코치로서의 일이었다. 삶의 방향이 서자 내적 질서가 잡혔다. 깊은 안식과 용기가 생겨났다. 그러나 경험은 일천했고 그런 결심을 알아주는 이도 없었다. 현실은 엄중했기에 차근차근 하나씩 준비해야 했다. 관련 프로그램을 쫓아다니고, 해당 분야의 사람들을 찾아다니기 시작했다. 그러면서 책을 통해 나의 존재를 세상에 알려 나가는 것이 가장 좋은 방법이라는 것을 자연스럽게 알게 되었다. 〈굿바이 게으름〉

말했던 것처럼, 당신이 어떤 분야의 어떤 일을 하든지 본인 이름으로 된 책을 쓰는 것은 퍼스널 브랜딩에 가장 좋은 방법이 된다.

책을 쓰기로 했다면 가장 중요한 것이 바로 어떤 책을 쓸 것인지 정하는 일이다. 그 전에 질문을 먼저 하고 싶다. 이 세상에는 몇 권의 책이 있을까? 2016년에 이미 3억 1천만 권을 넘었다. 그리고 지금도 그 숫자는 늘어나고 있다. 만약 당신이 100세까지 살면서 그 책을 다 읽고 싶다면 하루에 약 8,500권이나 읽어야 한다.

세상에는 그만큼 다양한 책이 있다. 그렇기 때문에 어떤 책을 쓸 것인지를 고민한다면 오히려 고르기가 더 힘들 정도다. 과연 어떤 책을 쓰면 좋을까?

다이아몬드 원석은 그저 돌덩이처럼 보인다. 가공과정을 거쳐야 비로소 아름다운 다이아몬드로 탈바꿈한다. 좋은 주제는 우리 발밑에 있을지도 모른다. 다이아몬드 원석처럼 가까이 있어도 관심 있게 보지 않으면 그 가치를 발견하지 못한다. 가까운 곳에서 책의 주제를 찾아라.?

30년 넘게 음식점을 운영해 온 사장님이 책을 쓰기 위해 찾아왔다. 처음에는 자녀 양육법에 관한 책을 쓰고 싶어 했지만, 왠지 어울리는 것 같지 않았고 본인도 그렇게 느끼는 것 같았다. 얼마 지나지 않아 그 사장님은 주제를 음식점 사업으로 바꿨다. 자신의 삶과 신념이 일

치된 주제였으므로 새로운 주제에 대해 말할 때 사장님의 표정이 확신에 차고 흥분되어 보였다. 〈된다 된다 책쓰기가 된다!〉

그렇다. 쓰고 싶은 책은 바로 당신 근처에 있다. 답은 내면에 있는 것이다. 첫 번째 졸저를 낸 후 다시 독서법 혹은 독서습관에 관한 책을 낼까 생각했다. 하지만 첫 번째 책을 쓸 때처럼 열정이 생기지 않았다. 아무리 생각해도 더 이상 이야기하고 싶은 것이 없었기 때문이다. 이미 독서와 관련한 모든 것을 쏟아부었고, 똑같은 이야기를 쓰기는 싫었다. 그러다 내가 무엇을 하고 싶은지, 어떤 선한 영향력을 펼치고 싶은지 생각하게 되었다.

'독서의 중요성을 알리고 싶다. 그리고 사람들이 모두 자신의 책을 썼으면 좋겠다. 책이 잘 팔리면 돈과 수많은 기회를 얻게 된다. 혹시나 책이 팔리지 않더라도 작가와 전문가라는 타이틀이 생긴다. 혹시나 출간 계약에 실패하더라도 책을 쓰는 과정에서 엄청나게 공부하게 된다. 지금 출간 계약에 실패해도 언제든지 기회는 다시 찾아온다.'

이런 생각과 함께 마인드맵을 이용해서 책의 제목과 목차를 만들어봤다. 순식간에 책의 제목과 목차 그리고 소제목이 나왔다. 그 과정에서 나는 이 주제에 대한 열정을 느꼈다. 너무 쓰고 싶었다. 본인의 이름으로 된 책을 직접 만났을 때의 감동을 함께 느끼고 싶었다. 저자가 된 지는 얼마 되지 않았지만, 그렇기 때문에 이 짜릿함을 더 잘 알고 있다.

이렇게 자신이 잘 알고 있는 분야 혹은 자신이 쓰고 싶은 분야를 쓰는 것이 중요하다. 할 말이 많다는 것은 그만큼 유리하다. 당신은 어떤 이야기를 남과 나누고 싶은가? 어떤 도움을 줄 수 있는가? 그리고 그다음 생각해 볼 수 있는 것은 '쓸 수 있는가?' 이다. 그 분야에 전문가라면 아마 큰 문제가 없을 것이다. 하지만 만약에 전문가가 아니라면? 사실 큰 문제는 없다. 그 분야와 관련된 책을 독파하면, 책을 쓰면서 전문가가 될 것이기 때문이다. 사실 더 중요한 것은 '남이 읽을만한 책인가?' 라는 점이다.

책은 세상과 소통하는 창구라고 했다. 그렇다. 책은 저자와 독자가 만나는 길이다. 저자는 책이라는 매체를 통해 불특정 다수에게 자신이 하고 싶은 이야기를 건네고, 독자는 수많은 이야기 중 자신이 만나고 싶은 저자의 것을 선택한다. 〈책쓰기가 이렇게 쉬울 줄이야〉

〈마스터셰프 코리아〉라는 프로그램을 아는가? 두 번째 책을 쓰면서 가장 많이 봤던 프로그램이다. 그 방송에서 자신의 맛만 고수하는 한 요리사가 나온다. 한 심사관이 다음과 같은 평가를 내렸다.

'내가 원하는 맛도 중요합니다. 그러나 만들어야 할 것은 먹는 사람들이 원하는 맛입니다'

나는 책도 마찬가지라고 생각한다. 내가 쓰고 싶은 글을 쓰는 것도 중요하다. 하지만 그보다 더 중요한 것은 읽고 싶은 책을 써야 하지 않을까? 아무리 열심히 책을 쓴다 해도 그 책을 아무도 읽지 않는다면 무슨 소용이 있을까? 나는 독자도 또 다른 저자라고 생각한다. 왜냐하면, 읽는 사람이 없다면 책은 아무 의미가 없기 때문이다. 물론 책은 그 자체로도 가치가 있다. 하지만 누군가 읽었을 때 더 큰 가치가 있지 않을까? 열심히 글을 썼는데 아무도 몰라준다면 좀 슬프지 않을까?

사실 책을 낸 것만으로도 대단하고, 책을 쓴 것만으로도 당신은 준전문가가 되었을 것이다. 분명히 그간에 지식과 경험이 체화되었기 때문이다. 하지만 꼭 자신의 이름으로 된 책을 갖고 싶다면 부단히 고민해야 할 것이다. 분명히 당신이 쓸 수 있는 분야가 있을 것이다. 그리고 다른 사람이 듣고 싶은 분야도 있을 것이다. 겹치는 부분이 있다면 당신의 책은 세상에 나올 수 있을 것이다. 하지만 겹치는 부분이 없다면 다른 출판 방식을 생각해야 할 것이다.

어떤 사람이 사람들이 읽고 싶은 책을 쓸 수 있을까? 당연히 그 분야에 지식과 경험이 풍부한 사람만이 쓸 수 있을 것이다. 이 세상에 책의 종류는 정말 많다. 다양한 독자도 많다. 그러므로 다양한 책이 필요하다. 그리고 그 책은 당신만이 쓸 수 있다. 심지어 그 분야에 이미 책이 있으면 어떤가? 이미 지구상에는 3억1천만 권의 책이 있지만, 당신의 이름으로 된 책은 단 한 권이다. 그리고 그 책은 당신만이 쓸 수 있다. 당신은 그저 선택하기만 하면 된다. 어떤 책을 쓰면 좋을까? 어떤 이야기를 들려주고 싶은가? 어떤 책이든 당신만이 쓸 수 있다. 당신은 당신의 책과 같이 이 세상에서 유일한 존재이기 때문이다.

02:

## 유니크한 콘셉트 정하기

'노력한다고 모두 성공하는 것은 아니다. 하지만 성공한 사람은 모두 노력했다.'

내가 주위 사람들에게 가장 많이 하는 말 중 하나다. 핵심은 두 번째 문장이지만, 첫 번째 문장도 의미심장하다. 열심히 노력하면 성공은 절로 따라올까? 꼭 그런 것은 아니다. 물론 시도 횟수가 많다면 성공 확률은 올라간다. 하지만 가장 중요한 것 중 하나가 기획력이라고 할 수 있을 것이다.

한국인에게 영어공부란 얼마나 고루한 관심사입니까. 매년 영어공부에 관한 책이 수백 종 쏟아집니다만 《영어책 한 권 외워봤니?》(위즈덤하우스)처럼 영어공부는 영어공부인데, '영어책 한 권 외우는 것' 에

포커스를 둔 책은 없었습니다. 즉 이 저자만의 영어공부책이 완성된 셈이지요.

여러분이 읽고 있는 이 책도 마찬가지입니다. 세상에 쏟아진 수많은 책쓰기 책 중에 '출판사 에디터'가 쓴 책은 없습니다(이 책을 마무리할 무렵에 인문 분야에서 두 권의 책이 출간되었습니다만). 저는 이 책에서 투고 메일을 받는 출판사 입장은 어떠한지, 책을 쓸 때 어떤 식으로 접근하고, 한 권의 책을 쓰기 위해 글은 어떻게 써야 하는지 '에디터로서' 설명합니다. 분명 작가들이 쓰는 책쓰기 책과는 결이 다르겠지요. 이 콘텐츠는 독보적이라고 할 수 있나요? 〈출판사 에디터가 알려주는 책쓰기 기술〉

무엇을 쓸 것인가를 치열하게 고민해야 한다. 본인도 잘 모르는 것을 독자가 이해할 수 있을까? 책쓰기의 주제가 정해지면 제목과 목차 정하기도 수월하다. 말하고자 하는 이야기가 정해졌기 때문이다. 즉 방향이 정해진 것이다. 이때 〈영어책 한 권 외워봤니?〉와 〈출판사 에디터가 알려주는 책쓰기 기술〉처럼 자신과 어울리는 주제를 선정하는 것이 중요하다. 많은 예비작가가 무엇을 써야 할지 혼란스러워한다. 하지만 이 주제는 생각보다 가까이에 있다.

어느 날은 수강생 30명에서 최근 몇 년 동안 읽은 베스트셀러 중 기억에 남는 책을 말해보라고 했습니다. 가장 많이 언급된 책 50권을 선정해 공통점을 찾아보자는 취지였어요. 그 결과 남녀가 평소에 많이 읽는 책의 경향이 확연히 다르다는 사실을 알 수 있었습니다.

먼저 남성이 즐겨 읽는 책은 '돈' 과 '성공' 을 다룬 책이었습니다. 여성은 '연애' 와 '미용' 을 다룬 책을 선호했습니다. (중략…)

그때 수강생 중 한 명이 손을 들고 이렇게 말했습니다.

"선생님! 돈도, 성공도, 연애도, 미용도 모두 손만 뻗으면 닿는 곳에 있는 테마네요."

그 말을 듣는 순간 강사인 저도 크게 깨달았습니다. 잘 팔리는 책의 소재는 하나같이 우리 주위에서 흔히 볼 수 있는 '친근한 테마' 였던 것입니다. 〈책을 내고 싶은 사람들의 교과서〉

베스트셀러를 보면 그 시대의 트렌드를 알 수 있다는 장점이 있다. 실제로 서점의 책만 봐도 무엇이 유행할 것인지 알 수 있다고도 한다. 책이 가장 느린 것 같지만, 가장 빠른 것이다. 그래서 주제를 정할 때는 그 트렌드 또한 무시할 수 없다.

작년에만 해도 나는 평범한 직장인이었다. 정말 우연히 독서를 하게 되었고, 그 재미에 빠져들었다. 책을 읽기만 해도 내 삶이 달라지는 것이 느껴졌다. 그런데 독서의 임계점이 넘어가자, 하고 싶은 말이 생겼다. 어느 날은 책을 쓰고 싶었다. 그 이후 나는 작가가 되었다. 책을 쓰면서도 예상하지 못했다. 이렇게 빨리 내 이름으로 된 책을 만나게 될 줄은 말이다. 7개월 만에 책이 뚝딱 하고 세상에 나타났다. 출판사에서도 '기존에 책을 낸 작가시죠?' 라며 통화했던 기억이 선명하다.

그 이후 주위 사람들에게 이 놀라운 경험을 전하고 싶었다. 그래서 책을 쓰기로 했다. 첫 책이 나온 지 3개월 만의 일이다. 더 재미있는 사실은 책을 쓰면서 책쓰기에 대해 더 전문가가 되어간다는 것이다. 그리고 책 쓰는 속도가 더 빨라졌다. 왜냐하면 내가 말하고 싶은 부분이 많기 때문이다. 내 열정이 있는 분야이기 때문이다.

### 사람들이 당신에게 묻는 것이 무엇인가?

주위 사람들이 처음에는 '독서가 왜 좋은지' 에 대해 물어봤다. 그래서 첫 번째 책인 〈하루 1시간 독서습관〉이 나올 수 있었다. 그 이후에는 주위 사람들이 '책쓰기를 어떻게 하면 되는지' 를 물어봤다. 그래서 나는 지금 이 책을 쓰고 있다. 주위 사람들이 당신에게 묻는 것은 무엇인가? 그것이 바로 책의 주제가 될 수 있다.

잠시 '내가 쓸 수 있는 책은 무엇일까?' 라는 고민의 시간을 가졌으면 한다. 다른 사람들이 나에게 자주 묻거나, 혹은 주위 사람들에게 꼭 전하고 싶은 조언이 있는가? 앞에서 나온 이야기처럼 주제는 멀리 있지 않다. 자기 안에 답이 있는 것이다.

나는 수많은 사람을 만날 때마다 '책 한번 써보세요.' 라고 말한다. 사람들은 손사래를 친다. '어떻게 내가 감히 책을 쓰나요?' 라고 되묻는다. 하지만 그 사람들의 글을 보면 세상에 꼭 나왔으면 하는 소망이 생긴다. 그럴 가치가 있기 때문이다. 세상에는 평범한 사람들이 더 많다. 그리고 많은 사람이 평범한 사람들의 소소한 이야기를 기다린다. 왜냐하면, 그것이 자신들의 이야기이기 때문이다.

〈영혼을 위한 닭고기 수프〉라는 책을 아는가? 아니라면 〈마음을 열어주는 101가지 이야기〉라는 책은 어떤가? 전 세계 47개의 언어로 그리고 1억 5천만 부 판매라는 경이로운 기록을 세운 책이다. 그리고 지금도 그 책은 시리즈로 꾸준히 출간되고 있다. 이 책의 저자를 아는가? 잭 켄필드와 마크 빅터 한센으로 알고 있는가? 아니다. 그들은 평범한 사람들의 일화를 모았을 뿐이다. 그 평범한 사람들의 일화 덕분에 경이로운 기록을 세운 것이다.

당신의 이야기도 마찬가지다. 당신의 삶에서 일어난 평범한 이야기가 다른 사람들에게 깨달음과 위로를 줄 수 있다. 세상에 어떤 이야기를 나누고 싶은가? 어떤 이야기든지 상관없다. 다만 자신의 콘셉트에 맞는 정확한 방향이 필요하다. 왜냐하면, 다양한 분야의 책이 있기 때문이고 또 책은 한 번 나오면 기록에서 지울 수가 없기 때문이다. 주위에서도 자신의 책을 부끄러워하는 경우를 본 적이 있다. 힘들게 쓴 책이 부끄러움의 대상이 되면 안 되지 않겠는가?

'누구를 위한 책을 쓰고 싶은가?'

이 부분을 잘 고민해본다면 분명 당신만이 쓸 수 있는 책이 탄생할 것이다. 그리고 그 책은 훌륭한 책이 될 것이다.

03:

## 출판사와 독자가 원하는 제목 만들기

〈죽고 싶지만 떡볶이는 먹고 싶어〉라는 제목을 보면 도대체 어떤 마음으로 이런 말을 했을까 궁금하지 않은가? 〈책쓰기가 이렇게 쉬울 줄이야〉라는 제목을 보면 수많은 사람의 버킷리스트인 책쓰기가 쉽다고 말하는 이유가 궁금하지 않은가? 〈당신은 개를 키우면 안 된다〉라는 제목을 보면 최근에는 '반려견'이라는 말이 있을 정도로 강아지에 대한 사랑이 대단한데, 어떤 내용일지 궁금하지 않는가? 제목이 모든 것은 아니지만, 책 장사는 제목 장사라는 말처럼 제목은 정말 중요하다.

당신은 책을 고를 때 무엇을 먼저 보는가? 제목을 먼저 볼 수도 있고, 작가를 먼저 볼 수도 있다. 프롤로그나 에필로그를 먼저 보는가? 아니라면 혹시 추천사를 보는가? 아마 대부분의 사람이 동일하게 대답할 것이다. 바로 '제목' 이다. 제목은 책의 첫인상이다. 제목으로 독자를 설득했을 때 그 책은 선택받을 확률이 높아진다.

많은 사람이 제목을 보고 읽을 것인지 말 것인지 순간적으로 결정한다. 제목이 흥미를 끌어야 그 책을 보게 되는 것이다. 제목만 잘 지어서 꽤 잘 팔린 책도 있다. 그 작가에게 두 번째 책은 없을 것이지만, 제목의 힘은 충분히 알 수 있었다.

'내용이 더 중요한 것 아니냐? 내용보다 제목이 더 중요하냐?' 라도 물을지도 모르겠다. 물론 제목은 별로였지만, 내용이 좋은 책도 많다. 하지만 내용이 아무리 좋아도 선택받지 못하고 묻히는 책이 더욱더 많다. 출간 후 2~3일 안에 조금만 인기가 없어도 바로 서점 구석에 꽂힌다. 사람들은 굳이 그곳까지 가지 않는다. 매대에 있는 도서만 해도 넘쳐나기 때문이다. 하루만 지나도 새로운 책이 쏟아진다.

하루에 몇 권의 책이 출간될까? 2019년 1월부터 5월까지 29,162권이었다. 많은 책이 꾸준히 출간되고 있다. 이렇게 많은 책 중에서 당신의 책을 독자에게 그리고 출판사의 눈에 돋보이게 할 수 있는 것은 무엇일까? 바로 제목이다.

책을 쓰려면 상당한 시간의 자료조사와 초고와 퇴고의 시간이 필요하다. 때로는 밤을 새워서 쓰기도 하고, 글이 안 써질 때는 한숨만 쉬게 된다. 그렇게 힘들게 썼는데 출판사가 거들떠보지도 않는다면 얼마나 슬플까? 그 출판사의 눈을 사로잡는 것이 제목이다. 사실 눈을 끄는 제목이 아니라면 그 원고는 읽히지 않을 확률이 높다. 제목과 목차에 이미 모든 것이 담겨있기 때문이다.

그렇다면 어떤 제목을 지어야 할까? 창작하기보다는 베끼라는 말을 해주고 싶다. 아니면 아예 훔치는 것도 괜찮다.

사람들의 시선을 사로잡는 세련된 제목을 쓰는 것은 굉장한 정성과 아이디어가 필요한 일이다. 하지만 100퍼센트 무에서 유를 창조하는 작업은 아니다. 기존의 것에서 새로운 것을 창조해내는 과정일 때도 많다. 앞서 피카소의 예에서처럼 기존의 창작물에서 영감을 받아 완전히 새로운 것으로 변화시키는 작업이기도 한 것이다. 그러므로 제목을 정할 때 키워드를 중심으로 같은 분야의 베스트셀러를 분석하는 것이 도움이 된다. 〈최고의 존재는 어떻게 만들어지는가〉

잘 팔린 책들을 쭉 보다 보면 비슷한 느낌의 제목이 많은 것을 알 수 있다. 같은 작가가 쓴 책인가? 싶을 정도로 비슷한 책도 많다. 그만큼 제목이 중요한 것이다.

책은 독자들에게 읽힐 때 비로소 그 존재의 의미가 있다. 그렇기 때문에 제목 만들기는 중요할 수밖에 없다. 수많은 책 중에 내 책을 돋보이게 해주는 것이 바로 제목이기 때문이다.

잘 팔리는 책에서 원고는 기본이지만 좋은 제목은 필수다. 그래야 선택받는다. 출판사에서는 제목을 위해 고심한다. 저자에게도 다시 한번 참신한 제목이 없는지 물어보고, 책이 나오는 그 순간까지 고민한다. 제목의 힘을 알기 때문이다.

'천재는 1%의 영감과 99%의 노력으로 이루어진다.'

에디슨의 말이다. 노력의 중요성을 역설해주는 명언이라고 알고 있지만, 사실은 1%의 영감이 더 중요하다고 말했다고 한다. 나는 책의 제목이 이 1% 영감과 같다고 생각한다. 99%의 노력으로 좋은 책을 만들었지만, 1%의 제목이 받쳐주지 않으면 그 책은 매대를 떠나서 책꽂이에 그리고 물류창고에 갈 운명이 될지도 모른다. 제목은 책의 첫인상이다. 그리고 첫인상은 잘 바뀌지 않는다.

어떤 출판업자는 독자 대부분이 책의 내용보다는 제목을 보고 책을 산다는 사실을 발견했다. 그래서 책의 내용은 그대로 하고 표지와 제목만 바꿔서 출간했더니 100만 부 이상 팔렸다고 한다. 〈놓치고 싶지 않은 나의 꿈 나의 인생 1〉

제목이 얼마나 중요한지 깨달았는가? 제목에 따라 책의 팔리는 부수가 달라진다. 즉 출판사의 존폐가 달린 중요한 문제다. 그래서 화려한 제목으로 독자를 낚는 제목도 존재한다. 하지만 장기적으로 볼 때 그런 책은 좋지 않다. 독자들은 똑똑하다. 다시는 그 저자의 책을 선택하지 않을 것이다.

유니크한 콘셉트만큼 중요한 것이 바로 훌륭한 콘텐츠다. 그런 책이야말로 당신의 가치를 높여주는 것은 물론 많은 기회 또한 허락할 것이다. 출판사는 책이 나오는 그 순간까지 제목을 고민한다. 중요하기 때문에 고민하고 또 고민하는 것이다. 어떤 책이 베스트셀러가 되면 그 제목과 비슷한 책이 우후죽순 생겨난다. 심지어 같은 책의 제목도 있다. 그럴 정도로 제목은 중요하다. 당신의 책은 어떤 책은 제목을 가졌는가? 어떤 콘셉트를 가졌는가? 유니크하다면 많은 출판사가 러브콜을 할지도 모른다.

하지만 너무 스트레스받지는 말라. 출판사는 이 부분에서 전문가다. 대부분의 책이 출판사가 원하는 제목으로 나온다. 당신의 책이 더 사랑받도록 출판사에서도 고심해서 제목을 만든다. 맡겨도 좋을 것이다.

## 04:

# 독자의 니즈 파악하기

어떤 원고는 출판사와 계약하여 책이 되고, 어떤 원고는 거절 메일을 받게 된다. 사실 나도 100번에 가까운 거절을 받았다. 같은 원고인데도 말이다. 그 차이가 과연 무엇일까? 여러 이유가 있을 수 있지만, 출판사가 원하는 원고가 무엇인지 아는지 모르는지의 차이가 아닐까?

아무리 비우고 비워도 회사 계정의 메일 상자에는 늘 빨간 숫자가 깜박이고 있습니다. 그 숫자는 3이나 6일 때도 있지만 어떤 날은 15, 어떤 날은 20을 훌쩍 넘기기도 합니다. 새로운 메일이 도착했다는 알람이 늘 깜박거리니, 깜박하고 열어보지 않는 일은 잘 없습니다.

출판사에서 북에디터로 일하는 저로서는 메일을 열어보는 게 일과 중 하나입니다. 언제나 하던 (그다지 즐겁지 않은) 일이라는 듯 손가락이 먼저 움직입니다. 클릭, 클릭. 그리고 한숨을 쉬지요. 〈출판사 에디터가 알려주는 책쓰기 기술〉

책 읽는 사람이 줄어드는데, 책 쓰는 사람은 늘어나고 있다. 출판사에는 투고 메일이 늘 넘친다. 하지만 수많은 메일은 편집자의 한숨과 함께 휴지통으로 들어간다. 바로 출판사가 원하는 책이 아니기 때문이다. 그리고 독자가 원하는 책이 아니기 때문이다. 그렇다면 독자는 어떤 책을 원할까? 어떤 책을 읽고 싶을까? 독자는 어떤 필요로 즉 어떤 니즈로 책을 읽을까?

아마 이 책을 읽고 있는 당신은 내 이름으로 된 책 한 권을 갖고 싶은 원대한 소망이 있을 것이다. 특히 요새는 책쓰기와 관련한 책들이 얼마나 쏟아져나온다. 또 전국에 책쓰기 코칭과 관련된 세미나가 얼마나 많은지 아는가? 계속해서 책쓰기와 관련한 책이 늘어나고 있다. 전자책까지 포함한다면 그 수는 더 늘어날 것이다. 그만큼 많은 사람이 책쓰기를 원한다는 뜻이다. 책쓰기에 대한 열망을 피부로 느낄 수 있을 정도다. 그렇기 때문에 관련된 책이 계속해서 책이 나오는 것이다. 바로 이 책처럼 말이다.

내가 원하는 책보다, 독자들이 원하는 책을 만들어야 한다. 사실 내가 원하는 책을 쓰고 싶다면 자비출판 혹은 독립출판을 알아보는 것이 더 좋을지도 모른다. 출판사를 고려하지 않는 즉 독자를 고려하지 않는 원고는 출판사의 높은 벽을 통과하기 힘들다. 심지어 나온다고 하더라도 냉담한 현실을 마주할 것이기 때문이다. 그래서 평범한 사람들이 더 많은 베스트셀러를 쓰는지도 모르겠다. 평범한 사람들은 독자의 입장에서 책을 쓰기 때문이다.

소와 사자가 있었습니다. 둘은 죽도록 사랑합니다.
둘은 혼인해 살게 됩니다. 둘은 최선을 다하기로 약속합니다.
소가 최선을 다해서 맛있는 풀을 날마다
사자에게 대접했습니다. 사자는 싫었지만 참습니다.
사자도 최선을 다해서 맛있는 살코기를 날마다
소에게 대접했습니다. 소도 괴로웠지만 참았습니다.
참을성은 한계가 있습니다. 둘은 마주 앉아 얘기합니다.
문제를 잘못 풀어놓으면 큰 사건이 되고 맙니다.
소와 사자는 다툽니다. 끝내 헤어지고 맙니다.
헤어지며 서로에게 한 말, "난 최선을 다했어." 였습니다.
나 위주로 생각하는 최선, 상대를 못 보는 최선,
그 최선은 최선일수록 최악을 낳고 맙니다. 〈이미 그대는 행복합니다〉

이미 말한 것처럼 아무리 최선을 다해도, 상대방 입장을 고려하지 않았다면 그것은 최악이 된다. 책도 마찬가지다. 몇 년을 들였든, 어떤 고생을 했든 더 중요한 것은 바로 팔릴만한 책인지 아닌지다. 이런 독자의 니즈를 충분히 고려할 때 좋은 책이 나온다는 것은 불 보듯 뻔한 일이다.

예전에 고등학교 시절 국어 선생님이 해주신 말씀이 생각난다.

'여러분, 인간관계의 황금률이라는 말 들어보셨나요? 성경에도 나오죠. 바로 내가 대접받고자 하는 대로 남을 대접하는 것' 인데요. 이거 정말 위험한 것 같아요. 만약 내가 나쁜 사람이면 어떡하죠? 내가 이상한 사람이면 어떡하죠? 내가 원하는 대로 남을 대하면 어떻게 될까요?

그때는 별생각 없이 들었는데, 생각하면 생각할수록 심각한 문제가 되었다. 황금률이 잘못되었다는 말이 아니라 상황에 따라 서로 다른 방법을 써야 하지 않을까? 소와 사자가 서로를 사랑했지만, 서로의 최선이 결국에는 최악이 된 것처럼 말이다. 한참의 시간이 지난 이후 나는 인간관계의 백금률이라는 것을 알게 된다.

'대접받고 싶은 대로 그를 대하라' 는 황금률과 달리 백금률은 '상대가 원하는 방식으로 그를 대하라' 는 가르침으로 보면 된다. 이 백금률의 쓸모의 매력은 무궁무진하다. 술수를 부리라는 것은 아니다. 저자가 일러주는 백금률의 요체는 다른 사람을 조정하기 위해 아첨하라는 것이 아니다. 이보다는 다른 사람들의 언어를 배우라는 충고이다. 〈백금률〉

많은 예비작가가 황금률의 법칙으로 책을 쓴다. 하지만 독자의 니즈를 파악해야 한다. 그래서 철저히 백금률의 법칙을 따라서 책을 쓰는 것을 추천하고 싶다.

이런 관점에서 대형서점을 자주 가는 일은 현재의 트렌드를 알 수 있는 가장 좋은 방법이 될 것이다. 사람들이 어떤 분야에 관심을 두는지, 어떤 분야를 궁금해하는지, 또 어떤 책을 많이 샀는지까지 속속들이 알 수 있다. 많은 전문가가 말한다.

'책이 가장 느린 것 같지만. 가장 빠르고 확실합니다'

독자의 마음은 복잡하고 미묘하다. 또 자신이 무엇을 원하는지 정확히 모를 수도 있다. 그 부분을 찾아내서 이야기해준다면, 그 부분에 대한 답을 제시해주는 책이라면 독자들은 그 책을 읽지 않을까? 가끔 전 국민을 대상으로 책을 쓰기를 원하는 예비작가를 만날 때가 있다. 한 사람의 마음도 얻기 힘든데, 과연 전 국민의 마음을 얻을 수 있을까?

한 사람을 생각하면서 책을 쓰는 것이 오히려 더 좋다. 오히려 독자가 누구인지 정확하기 때문이다. 한 사람을 감동하게 한다면, 자연히 여러 사람을 감동하게 할 수 있지 않을까? 그렇다면 분명 좋은 책이 될 것이다.

내가 쓰고 싶은 책과 독자가 읽고 싶은 책 중 어떤 책을 쓰고 싶은가? 의외로 많은 예비작가가 내가 쓰고 싶은 책을 쓴다. 그런 책은 소리소문없이 사라진다. 베스트셀러를 보면 '그래 이게 내 이야기야', '내가 원하던 이야기야' 싶은 책이 많다. 바로 나를 타깃으로 작가가 책을 썼기 때문이다. 당신의 책도 그런 칭찬을 듣고 싶다면 독자의 니즈를 정확히 파악하라. 어떤 사람을 위해 내 책을 쓸 것인지 정하라. 고민이 깊을수록 좋은 책이 탄생할 것이다.

05:

## 한눈에 꽂히는 목차 만들기

월요일 아침 나는 간절한 마음을 담아 출판사에 내 원고를 투고했다. '원고를 보는데도 시간이 좀 걸릴 것이고, 또 회의도 해야 하니까, 몇 주 정도는 걸리겠지?' 라는 생각을 하면서도 '언제 연락이 올까?' 가슴이 두근두근했다. 그런데 보내기 버튼을 누르고 10분 만에 누군가 내 전화벨을 울렸다. '아침부터 스팸인가?' 라는 생각을 했지만, 스팸 전화가 아닌 바로 출판사의 전화였다. 메시지는 간단했다.

'작가님의 책에 관심이 있습니다. 계약하고 싶습니다'

메일을 보낸 지 하루도 아니고, 1시간도 지나지 않았다. 단 10분 만에 어떻게 계약을 할 수 있었을까? 그래서 이유를 물어봤다.

'목차만 봐도 알 수 있습니다. 어떻게 이런 목차를 생각하셨습니까? 책 내용도 분명히 좋을 리라 생각합니다.'

갑작스러운 극찬에 몸 둘 바를 몰랐던 기억이 생생하다. 전화를 끊고 나자 이제 진짜 작가가 되었다는 사실이 실감 나기 시작했다. 말 그대로 한눈에 꽂히는 목차 덕에 나는 순식간에 계약이 된 것이다.

많은 편집자가 다음과 같이 말한다.

'목차만 봐도 책의 수준과 내용을 가늠할 수 있다'

목차는 책의 설계도와 같다. 설계도만 봐도 어떤 집이 나올지 예상할 수 있는 것처럼, 전문가들은 목차만 봐도 어떤 책이 나올지 예상할 수 있다. 이 목차는 바로 앞서 나온 콘셉트와도 유의미한 관계가 있다. 사실 콘셉트만 확실하다면 목차를 구성하는 일도 순조롭다. 주제와 관련된 이야기 40개 정도만 생각하면 한 권의 책이 만들어지기 때문이다. 특히 질문하며 답을 하는 방식으로 목차를 짜게 되면 조금은 수월하게 목차를 구성할 수 있을 것이다.

어떤 책은 목차만 봐도 어떤 이야기를 할지 감이 잡히는 책이 있다. 아니 목차만 봐도 한 권의 책을 본 것 같은 책이 있다. 다른 책의 목차를 봐도 비슷한 느낌이 들었다면 아마 그 책은 목차를 잘 쓴 책이 될 것이다. 한눈에 꽂히는 목차를 만들고 싶다면, 우선 많은 책을 또 목차를 봤으면 한다.

책의 목차는 몸의 뼈대와 같다. 사람의 몸은 골격이 반듯하고 자세가 좋아야 몸매도 아름답게 형성되고 살도 예쁘게 붙고 옷발도 잘 받는다. 목차도 마찬가지다. 목차가 반듯하게 나와야 옆으로 가지를 잘 칠 수 있고 살을 붙이기도 쉽다. 실제로 기획 · 편집자들은 초기에 책 목차를 만드는 데 가장 많은 시간을 할애하는데, 목차만 완성되어도 책의 50%는 쓴 것이나 다름없기 때문이라고 한다.

목차는 내가 말하고자 하는 주제와 콘셉트에 맞춰 일목요연해야 한다. 아무리 매력적인 내용이라도 목차에서 그것이 잘 드러나지 않으면 독자들로부터 공감을 얻기 힘들다. 〈책쓰기가 이렇게 쉬울 줄이야〉

그렇다. 목차는 일목요연해야 한다. 책의 제목처럼 작가가 무엇을 말하고자 하는지 명확해야 한다. 책의 모든 것을 담고 있어야 한다. A4 100장의 원고가 단 한 장에 오롯이 담겨있어야 한다.

나는 한라도서관에서 '글수다' 라는 글쓰기 모임에 참여하고 있다. 한 달에 한 번은 글쓰기 특강도 듣고 또 한번은 또 주제를 정해서 서로 글을 쓰고 읽어보며 합평하는 시간을 갖고 있다. 사람들의 글을 보다 보면 '즉흥적으로 썼는데도, 어떻게 이렇게 잘 썼을까?' 라는 생각을 하게 되는 경우가 많다. 수많은 이유가 있겠지만, 바로 써야 할 주제가 명확하기 때문이다. 주제가 정해지면 최소 며칠에서 많게는 한 달 정도 그 주제만 생각한다. 그러면 무심코 지나쳤던 일상의 순간이 특별해진다.

사람은 하루에도 오만가지 생각을 한다고 한다. 그래서 특별한 목적이 없을 때는 모든 일을 무심코 흘려보낸다. 하지만 목적이 있는 사람은 다르다. 모든 순간이 특별해진다. 나도 하루에도 수십 번씩 메모와 녹음을 한다. 그 순간을 놓치면 기억 못 할 것을 알기 때문이다.

평범한 일상이 특별한 순간이 되는 것은 바로 내가 목차를 가지고 다니기 때문이다. 머릿속에 책 쓸 생각으로, 사람들에게 강연할 생각으로 가득하기 때문이다. 목차 수정도 빈번하게 일어난다. 어떤 광고 카피를 보거나 지나가다 현수막 광고를 보면서도 수정한다. 평소에 듣지도 않던 라디오를 듣기도 한다. 한 줄을 구하기 위해서다.

누가 봐도 한눈에 꽂히는 목차를 만들기 위해서다.

좋은 제목을 짓기 위해 많은 책을 참고한 것처럼, 목차 또한 많은 책의 제목과 목차를 참고하면 수월하게 찾을 수 있다. 특히 베스트셀러의 제목과 목차를 연구하면 큰 도움이 된다. 나는 다음과 같은 방법으로 책의 목차를 잡는다.

1. 다양한 제목을 모은다.
2. 다양한 목차를 모은다.
3. 다양한 문장을 모은다.
4. TV와 라디오 등의 문구를 모은다.
5. 유명한 명언을 모은다.

책을 쓸 때 수많은 자료를 모으고 난 후 책을 쓰는 것처럼, 책의 제목과 목차 또한 다르지 않다. 그 이후 책의 주제에 맞게 각색하면 끝이다. 조금 더 첨언하자면 제목처럼 목차에서도 저자가 하고 싶은 말이 드러나야 한다. 책의 제목을 짓듯이, 정성을 들여 목차를 만들어라.

당신이 책 제목을 만들고 이제 목차까지 만들어진다면 이제 책쓰기는 거의 끝난 것이나 다름없다. '시작이 반' 이라는데 벌써 그 반을 마친 것이다. 하지만 제목도 책이 나오는 그 순간까지 고민하는 것처럼, 목차도 끊임없이 다듬어야 한다. 초고를 다듬을수록 멋진 글이 되는 것처럼 목차도 다듬을수록 더 빛이 날 것이다. 그리고 이 목차는 꼭 독자만을 위한 것이 아니다. 명확한 목차는 저자에게 가장 큰 무기가 된다. 아무 말 대잔치로 책을 쓰기는 힘들다. 하지만 목차가 있다면 책쓰기가 훨씬 수월하다. 무엇을 써야 할지, 어떻게 써야 할지 알기 때문이다. 목차는 그물과 같다. 모든 순간이 책쓰기의 재료가 된다. 그리고 책이 된다.

06:

## 출간 계획서 작성하기

출판사에 투고할 때 목차와 같이 보내는 것이 출간 계획서이다. 담당자는 원고를 보기 전에 출간 계획서를 본다. 이력서라고 생각하면 쉬울 것이다. 출간 계획서가 볼만하면 원고를 본다. 아마 책을 썼던 만큼의 열정을 담아 출간 계획서를 써야 할 것이다. 출간 계획서가 없는 원고는 아예 건너뛰는 경우도 있다고 한다. 그만큼 책의 첫인상을 좌우하는 만큼 중요하다. 들어가는 목록은 다음과 같다.

제목(가제)

저자 프로필

기획 의도 및 콘셉트

타깃 독자층

홍보 및 마케팅 아이디어
목차

**제목** : 제목은 바뀔 확률이 높다. 제목이 중요한 만큼 출판사에서도 작가에게 2~3가지 다른 제목을 요구한다. 출판사도 책이 인쇄되기 바로 그 직전까지도 많은 고민을 한다.

**저자 프로필** : 최근 저자 프로필을 본 적이 있는가? 단순 약력 나열이 아닌 스토리 텔링 형식이 많다.

N포 세대의 평범한 직장인, 가정적인 문제로 자취를 택하고, 경제적인 이유로 대학교에서 제명당한다. 그때부터 본인이 원하는 삶을 살기로 한다. 수많은 아르바이트, 용접공, 통·번역가 등 하고 싶은 다 하고, 잡혀 들어가기 직전인 27살에 현역 입대했다.
그렇게 살다가 언젠가 모든 것을 포기하고 나를 내려놓았을 때 책을 만난다. 책을 통해 세상을 바라보고(후략…) 〈하루 1시간 독서습관 – 저자 프로필〉

단순히 약력만 나열했다면 평범한 프로필이었겠지만, 스토리 텔링 형식으로 묶어내자 N포 세대를 살고 있는 한 청년을 만나게 된다. 다시 봐도 한숨이 나올 정도로 답답한 현실을 살고 있는 나를 생각하며, 현대 동시대를 살아가면서 겨우 버티고 있는 청년들에게 메시지를 전하고 싶었다.

**기획 의도 및 콘셉트** : 이 책을 왜 썼는지에 대한 내용을 쓰면 된다. 중요한 것은 길게 쓰는 것이 아니라 짧게 임팩트 있게 쓰는 것이다. 다른 책과의 차별점이 있다면 강조하면 좋다.

**타깃 독자층** : 타깃 독자층에 절대 '모든 사람' 이라고 적는 잘못을 범해서는 안 된다. 베스트셀러 작가도 그렇게 쓰지 않는다고 한다. 한 사람에게 감동을 줄 수 있다면, 다른 사람에게도 감동을 줄 수 있다. 철저하게 한 사람에게 포커스를 맞추자.

나도 첫 번째 책을 쓸 때 '전 국민' 이라는 아주 얼토당토않은 타깃 독자를 잡았다. 물론 전 국민이 독서 하기를 원한다는 열망을 담았지만, 그렇게 출판사에 투고했다면 내 책은 세상에 나오기 힘들었을 것이다. 그래서 나는 '직장인' 이라는 타깃을 정하고, 주위 친구들에게 조언한다는 생각으로 책을 썼다. 그렇게 타깃 독자층을 정하자 책쓰기 속도가 훨씬 빨라졌다. 내 친구에게 말한다고 생각하니 하고 싶은 말이 많았다. 그리고 대상이 애매하지 않았기 때문에 무엇을 말해야 할지 더 명확했다. 그랬기 때문에 출판사 담당자에게 다음과 이야기를 들을 수 있었다.

'기존의 독서법 책은 "나처럼 읽으세요, 무조건 이렇게 해"라는 말투였다면, 황준연 작가님 책은 부드럽게 "이렇게 해도 되고, 저렇게 해도 됩니다. 어떤 방식으로든 여러분이 책을 읽었으면 좋겠어요"라고 말하는 듯해서 읽는 동안 정말 편안했습니다.'

홍보 및 마케팅 아이디어 : 책이 나오면 어떤 활동을 할지에 관한 내용이다. 책을 초고를 쓰고 나서 탈고 전 쉬는 기간 그리고 투고 후 책이 나오기까지 몇 달의 시간이 생긴다. 그때 블로그와 유튜브 등 본인의 SNS를 적극적으로 활용해야 한다. 많은 사람이 자신이 책을 내면 수많은 친구와 지인이 자신의 책을 살 것으로 상상한다. 하지만 나의 경험과 수많은 전문가의 말에 의하면 당신이 예상한 사람 중 1%가 살까 말까다. 우리나라 사람들은 책을 잘 보지 않는다. 서운하지만 그것이 현실이다. 그렇다고 절대 과장해서 말하거나 거짓으로 하지는 않았으면 한다.

목차(예상목차) : 목차는 앞서 강조한 것처럼 책의 설계도다. 전체적으로 이 책이 어떤 구성으로 되어있을지를 이야기하면 된다. 앞서 말한 것처럼 짧고 임팩트 있는 것이 좋다.

마지막으로 강조하고 싶은 것은 출간 계획서는 이력서가 아니라는 것이다.

출판사가 예비 저자에게 원하는 것은 높은 학력이나 대기업 재직 여부나 개인적인 희망 사항 같은 게 아니다. 어떻게 하면 프로필만 보고도 원고에 호기심을 갖게 만들지 몇 번이고 고쳐 써라. 〈출판사에서 내 책 내는 법〉

인사담당자들은 흔히 하는 말이 있다.

'사진과 이름만 가리면 누가 누군지 모르겠어. 다 똑같잖아?'

출판사 담당자도 마찬가지일 것이다. 하루에 출간되는 책이 200여 권이나 되는데, 투고되는 원고는 얼마나 많을까? 그중에서도 당신이 할 수 있는 전략은 무엇이 있을까? 최소 출간 계획서라도 눈에 띄어야 하지 않을까? 출간 계획서를 스토리 형식으로 보내는 것은 어떨까? 심혈을 기울여 쓴 원고도 중요하지만, 그 원고를 보게 하기 위해서는 출간 계획서가 중요하다. 그리고 남들과 똑같은 출간 계획서보다는 조금은 눈에 띄는 전략이 필요할 것이다.

책은 내가 쓰고 싶은 내용을 쓰는 것이 아니라 남이 읽고 싶은 내용을 쓰는 것이다. 그 첫 번째 독자인 편집자를 설득하기 위한 첫 번째 관문인 출간 계획서의 중요성은 아무리 강조해도 지나치지 않을 것이다. 편집자는 내 책의 첫 번째 독자다. 내가 누구인지, 이 책은 왜 썼는지, 어떤 이야기를 할지는 당신만이 쓸 수 있다. 원고를 탈고하듯이 정성을 들여 써야 한다. 편집자를 설득할 수 있다면, 다른 독자도 설득할 수 있을 것이다. 하지만 편집자를 설득하지 못하면 독자들도 설득하지 못할 것이다.

## 07:

# 각 꼭지에 들어갈 사례 찾기

사례를 가장 찾기 좋은 곳이 어디일까? 인터넷일까? 인터넷이 정보의 바다이기는 하다. 하지만 출처가 불분명하고, 조각난 정보들이 가득하다. 광고 글도 많아서 실제로 원하던 정보를 얻지 못할 때도 많다. 특히 가장 큰 문제는 사실관계가 불확실하다는 것이다. 요새는 거짓 뉴스가 자주 사람들을 선동하는 것만 봐도 심각한 문제임을 알 수 있다.

작가는 자신의 글에 책임을 져야 한다. 첫 번째 책을 쓰면서 내가 알고 있던 사실이 상당히 왜곡되어있다는 것을 알게 되었다. 특히 솔개 이야기의 진실은 아직도 소름이 돋을 정도다. 고정관념이 얼마나 무서운지 깨달았고, '앞으로 모든 것을 확실히 확인하기 전까지는 절대 장담하지 말자.' 라고 다짐했지만, 며칠 안에 그 다짐은 깨져

버렸다.

육지 강연과 여러 행사로 제주도와 육지에 오가는 비행기를 자주 탄다. 거의 독서를 하거나 메모를 하면서 시간을 보내는데 어느 날 충격적인 장면을 보게 된다. 바로 옆에 있는 승객이 카톡을 하는 것이었다. 그렇지만 이내 '그래 카톡은 켤 수도 있지, 나도 가끔 카톡으로 메모를 확인하거나 지난 카톡을 볼 수도 있으니까.' 라고 생각했다. 하지만 내 예상을 깨고 그 승객은 카톡으로 대화를 시도하고 있었다. 순간적으로 너무 웃겼다. '한참 하늘을 날고 있는 비행기에서, 카톡을 하다니.' 그다음 상황이 너무 궁금해서 살짝 그분의 스마트폰을 바라봤는데, 믿을 수 없는 일이 일어났다. 카톡으로 대화를 하는 것이 아닌가? 큰 충격을 받고 착륙 이후 지인과 그 이야기를 나눴다. 지인도 황당하다는 듯이 다음과 같이 말했다.

'몰랐어? 원래 되는 거야, 잘 안 되기는 하지만….'

괜히 고정관념이라고 하는 것이 아닌 것 같다.

글을 쓸 때는 특히 어떤 사례를 들 때는 철저히 객관적으로 조사해야 한다. 가짜 뉴스가 사람들을 선동하는 것처럼 당신의 책도 그럴 수 있다. 그렇지 않으면 당신은 자료조사도 제대로 하지 않는 게으르고 믿을 수 없는 작가가 되는 것이다. 즉 사례를 찾는 것만큼, 검증도 중요하다. 그렇다면 어떤 자료가 좋은 자료일까?

첫째, 풍성할수록 좋다. 음식 재료가 풍부할수록 좋은 음식을 만들 수 있는 것과 마찬가지다.

둘째, 음식에 맞는 재료여야 한다. 카레 요리를 짜장 재료로 만들 수는 없다.

셋째, 믿을 만한 것이어야 한다. 출처가 분명하고 가짜가 아니어야 한다. 부작용이 크다.

넷째, 싱싱할수록 좋다. 제조일이 최근 것일수록 좋다.

다섯째, 색다른 것이면 더욱 좋다. 재료가 새로우면 더욱 맛이 있다. 〈대통령의 글쓰기〉

특히 첫째와 넷째의 이유로 늘 책을 읽고 있다. 퇴고하는 순간에도 더 좋은 예가 있다면 바뀔 수도 있다. 사실 많이 바뀐 적이 많다.

나는 여전히 하루에 한 권씩 꾸준히 독서 하고 있다. 출근이 늦은 날이나 휴일에는 두 권씩 읽고 있다. 그런데 독서법 책을 한참 읽다가 나는 어느 문장을 읽고 깜짝 놀랐다. 하루에 20권이 넘는 책을 읽는다는 사람을 본 것이다. 도저히 그 경지가 이해되지 않았다.

하지만 어느 순간 '가능하겠다.' 라는 생각이 들었다. 특히 자신이 원하는 자료를 찾기 위한 독서는 말이다. 책쓰기를 위한 독서법 즉 작가의 독서법은 다르니까 말이다. 평범한 사람도 충분히 가능하다. 오늘도 사례를 찾기 위해 도서관에 들르면 순식간에 몇 권을 읽는다.

유튜브에서 〈일취월장〉을 비판하는 영상을 본 적이 있다. 그 유튜버의 주장은 아래와 같았다.

"이런 책이 왜 베스트셀러인지 모르겠다. 짜깁기 한 책이다. 자신의 이야기가 너무 없다. 블로그가 더 낫겠다. 화가 난다"

똑같은 말을 20분 넘게 들으면서 그런 생각이 들었다.

"이 사람은 자기계발서를 안 읽는 사람인가? 그럼 자신의 이야기가 많은 책이 훌륭한 책인가?"

답은 '그렇지 않다' 이다. 오히려 나중에 이야기 말할 것처럼 사례가 풍부한 책이 좋은 책이라고 생각한다.

글은 자신이 제기하고자 하는 주제의 근거를 제시하고 그 타당성을 입증해 보이는 싸움이다. 이 싸움은 좋은 자료를 얼마나 많이 모으느냐에 성패가 좌우된다. 자료가 충분하면 그 안에 반드시 길이 있다. 자료를 찾다 보면 새로운 생각이 떠오른다. 때로는 애초에 의도했던 방향과 전혀 다른 쪽으로 글이 써지기도 한다. 자료와 생각의 상호작용이 낳은 결과다. 〈대통령의 글쓰기〉

사례 찾기는 어렵지 않다. 책과 인터넷, 사람들 간의 대화에도, 심지어 자신의 내면을 잘 돌아보기만 해도 사례를 찾을 수 있다. 중요한 것은 좋은 사례를 찾는 것이다. 그리고 자료는 생길 때마다 에버노트 혹은 폴더별로 분리하는 것이 좋다. 혹시나 문장만 옮겨놨다가는 나중에 출처를 몰라서 쓰지 못하는 경우도 생길 수 있다. 이때 '혹시 모르겠지?' 라며 눈속임을 하지 않기를 바란다. 책은 한번 나오면 평생 남는다.

좋은 사례 특히 꼭지에 꼭 맞는 사례는 독자에게 신뢰감을 준다. 독자가 왜 이 글을 믿어야 하는지, 더 읽어도 되는지 믿게 한다. 오늘도 작가들은 좋은 사례를 찾기 위해 책을 읽고, 신문을 보고, 인터넷을 검색한다. 자신이 과거에 적어놓았던 글을 보면서도 좋은 예를 찾아낸다. 자신을 착취한다. 그럴수록 좋은 책이 나온다.

## 08:

# 첫 문장 쓰기의 두려움 극복하기

내가 첫 번째 책을 쓸 때 얼만큼의 시간이 걸렸을까? 2년?, 1년? 아니다. 내 첫 책의 초고는 3개월 만에 마쳤다. 아마 중간에 포기했던 1달을 제외하면 거의 두 달 만에 쓴 것이다. 생애 처음 책을 쓰는데 어떻게 그 짧은 시간에 A4 140장이나 되는 글을 쓸 수 있었을까? 물론 책 쓰는 방법을 배웠기 때문이다. 하지만 더 중요했던 것은 바로 자료였다. 그때는 이유는 모른 채 읽기만 했다. 그리고 쓰고 싶은 내용을 모으고, 서평을 쓰기도 했다. 어느새 10권이 되고, 100권이 되던 날 나는 아무 고민 없이 글을 쓸 수 있었다. 쓸 것이 넘쳐났기 때문이다.

경제경영서는 한 권에 10만 자 전후가 보통이다. 나는 그 10만 자를 4~5일 만에 다 쓴다. 매월 한 권씩 쓰니 1년이면 열두 권, 어떤 해에는 열네 권을 쓰기도 했다. 내가 집필한 책 중에는 감사하게도 베스트셀러도 적지 않다. 그간 판매 부수를 모두 합하면 200만 부가 넘는다.

(…중략…)

책과 기사를 합치면, 나 혼자서 한 달에 15만 자를 쓰는 셈이다. 또 세미나 등의 강연과 저술가를 양성하는 '우에사카 북라이터학원' 을 운영하고 있다. 나처럼 저작권자를 대신해 저서를 집필하려는 사람들을 위한 학원이다. 그래서 프레젠테이션 자료도 작성하고 매력적인 인물이나 기업을 찾았을 때는 직접 기획서를 쓰기도 한다. 이처럼, 한 권의 책에서 짧은 기획서까지 나는 매일 글을 쓴다. 프리랜서가 된 지 23년 차이지만, 아직 한 번도 마감을 어긴 적이 없다. 〈읽으면 진짜 글재주 없어도 글이 절로 써지는 책〉

두 번째 책을 준비하며 나는 당연히 책쓰기와 관련된 책을 읽고 있다. 읽을 때마다 놀라운 사실이 얼마나 많은지 소름까지 끼친다. 특히 놀란 것은 1주일 만에 초고를 모두 쓴 사람도 있다는 사실이다. 말했듯이 책 한 권은 A4 100매에 달한다. 그런 글을 쓰는데 어떻게 1주일 만에 초고를 모두 쓸 수 있을까? 〈읽으면 진짜 글재주 없어도 글이 절로 써지는 책〉의 저자 우에사카 도루가 그 답을 해줄 수 있을 것이다.

'어떻게 쓸지가 아니라 무엇을 쓸지에 집중하세요'

많은 사람을 상대로 책쓰기 강연을 하면 늘 다음과 같은 말을 듣는다.

'어떻게 써야 할지 모르겠어요.'

당신은 어떤가? 나는 그럴 때마다 다음과 같은 사실을 상기시켜준다.

'친한 친구와 만날 때 어떤 대화를, 어떻게 해야지 그렇게 고민하고 가시는 경우가 있나요? 혹은 만났는데 할 말이 없어서 서로 답답한 경우가 있나요? 오히려 하루종일 대화해도 할 말이 너무 많이 남아서, "다음에 또 이야기하자"라고 말하는 경우가 더 많지 않나요? 책쓰기도 마찬가지입니다. 할 말이 많으면 책쓰기는 정말 쉽습니다. A4 100매는 오히려 부족할 정도입니다. 그래서 제가 140매까지 쓰고도 더 쓰고 싶었던 것입니다. "어떻게" 보다 "무엇을 이야기할지"에 집중해보세요. 할 말이 너무 많아서 오히려 줄여야 할 겁니다'

그렇다. 첫 문장이 두려운 이유는 어떻게 써야 할지를 몰라서가 아니라 쓸 것이 없기 때문이다. 첫 문장이 쓰기가 두려운가? 인풋을 해야 한다고 말하고 싶다. 그래서 다음과 같은 말도 있지 않나?

인풋이 아웃풋을 결정한다.

중요한 것은 바로 인풋 즉 자료다. 내 생각으로만 책을 쓴다면 절대 A4 100장을 채우지 못할 것이다. 혹여 100장을 채웠다고 해도 이 책은 답답함을 주는 책이 될 것이다. 자기주장만 가득한 책을 몇 시간이나 읽을 독자가 있을까? 오히려 반감이 생기지 않을까?

그리고 사람들은 책쓰기에 대한 두려움이 너무 크다. '책을 써보세요.' 라고 말하면 거의 모든 사람들이 '어떻게 제가 감히 책이라는 것을 쓸 수 있을까요?' 라며 되묻는 분들이 많다. 책쓰기가 쉽지는 않지만, 그렇다고 결코 불가능한 일은 아니다. 초등학생도 당당히 작가가 되는데 당신이라고 안 될 것이 무엇인가? 책쓰기는 결코 재능의 문제가 아니다. 단지 꾸준함의 결과이다.

어느 베스트셀러 작가의 일화를 들었다. 마감 날까지 한 줄도 못 적었다고 한다. 베스트셀러 작가도 첫 문장이 어렵다. 첫 문장이 두렵다. 당연히 처음 책을 쓰려는 당신도 첫 문장이 두려울 것이다. 특히 한 번도 책을 쓰지 않았던 사람이라면 더욱 그럴 것이다. 강원국 작가의 일화가 나에게 큰 용기를 주었다. 그래서 여기에 나누고자 한다.

"첫째, 쓰고 나서 편집하면 된다. 퇴고할 기회는 얼마든지 있다. 둘째, 쓸 기회가 주어졌다는 것은 그럴 만한 자격이 있다는 뜻이다. 쓸 수 있다는 자체만으로도 얼마나 감사한가. 셋째, 당신이 쓴 글에 다른 사람은 그다지 관심 없다. 당신이 다른 사람의 글에 크게 관심 없는 것처럼. 넷째, 자료를 열심히 찾고 시간을 들이면 된다. 다섯째, 최선을 다해 쓰고 남에게 보여주면 된다. 글은 다른 사람의 의견으로도 좋아질 수 있다." 〈강원국의 글쓰기〉

눈을 감으면 아직도 첫 저자 특강 날이 생각난다. 스피치에 관한 책을 읽고, 수많은 연습을 하고 갔지만, 인사를 한 직후 머릿속은 새하얗게 변했다. '그냥 작가로만 살 걸, 내가 왜 특강을 한다고 했을까?' 라는 생각으로 가득했지만, 특강을 마친 후 사람들에게 사인하며, 대화를 나눌 때의 그 희열이 아직도 나에게 남아 있다.

지금도 나는 강연을 하기 위해 모든 곳에 문을 두드리고 있다. 육지로 가든, 재능기부를 하든 강연 자체가 나에게 새로운 원동력이 되었다. 그리고 그 강연을 통해서 책쓰기에 대한 열망을 가진 사람들을 만나면서 나는 지금 당신이 읽고 있는 두 번째 책을 쓰게 되었다.

내가 첫 문장 쓰기의 두려움을 이겨내지 못했다면, 결코 오지 못했을 순간이다. 나는 사람들 앞에 서는 두려운 순간이 올 때마다 나에게 주문을 건다.

'두려운 게 아니고, 떨리는 순간이야. 기분이 좋아서 떨리는 거야! 그냥 즐기자!'

그렇게 나는 또 다른 내가 되어서 강연을 한다. 내 마음속의 떨림 때문에 내 온몸이 흔들릴 정도지만, 꿋꿋하게 강연을 한다.

첫 문장도 마찬가지다. 그냥 이것저것 쓰다 보면 어느새 이렇게 마지막 문장까지 달려오게 된다. 첫 문장을 시작하지 않으면, 결코 마지막 문장까지 갈 수 없다. 첫 문장을 쓰지 않았다면, 나는 결코 작가가 되지 못했을 것이다. 당신이 약간의 두려움만 이겨낸다면, 당신도 작가가 될 수 있다. 책을 읽는 삶도 멋지다. 인생이 바뀔 수도 있다. 하지만 책을 쓰는 삶은 더 멋지다. 인생이 무조건 바뀐다. 왜냐하면, 당신은 이제 작가이기 때문이다. 그 시작을 지금 해보면 어떨까?

09:

## 서론, 본론, 결론 쉽게 쓰는 법

'시작이 반이다' 라는 말이 있다. 무슨 일이든지 시작하기가 어렵지, 일단 시작하면 일을 끝마치기는 그리 어렵지 않다는 말이다. 하지만 책쓰기에서 만큼은 시작이 모든 것이다. 서론이 재미없다면 독자들이 더 이상 읽지 않을 것이기 때문이다.

나는 주로 도입 부분에 가장 공감할 수 있는 글감, 인상적인 글감, 마음에 드는 글감을 배치한다. 고개를 끄덕이거나 무릎을 칠 만한 내용을 서두에 담는다. 다음 이야기를 읽고 싶게 만들기 위해서다. 〈읽으면 진짜 글재주 없어도 글이 절로 써지는 책〉

프로 작가도 서두에 공들이는 사람이 많다고 한다. 왜냐하면, 제목이 독자를 유혹한 것처럼 서두도 독자를 움직이게 하기 때문이다.

반대로 서두를 봤는데도 아무 흥미가 없다면 더 이상 읽지 않을 것이다.

그래서 평소에 독서나 유튜브 심지어 광고와 라디오 멘트 등 인상 깊었던 모든 것을 모으는 것이 좋다. 내가 인상 깊었다는 것은 다른 사람들에게도 그럴 확률이 높기 때문이다. 남들이 모두 아는 명언이나 드라마 대사, 그리고 이야기 같은 것도 시선을 끌 수 있기 때문에 좋다.

아마 이 생각을 하면서 다시 지금 읽고 있는 책을 본다면 다른 책의 인용문이나 이야기 혹은 다들 알만한 이야기로 시작했다는 사실이 눈에 띌 것이다. 누구나 처음이 어렵다. 책의 첫 문장은 특히 그렇다. 하지만 그만큼 신경을 쏟아야 한다. 몇 초 만에 더 읽을지 말지가 결정되기 때문이다.

서론으로 눈길을 끌었다면 드디어 본론을 읽게 될 것이다. 서론에도 공식이 있었듯이 본론에도 공식이 있다. 바로 사례를 찾는 것이다. 그것도 좋은 사례를 많이 찾을수록 좋다.

'말하고자 하는 바를 명확하게 정한 뒤 이에 맞는 근거를 수집하고

적절하게 배열하면 한 편의 멋진 글이 됩니다.' 〈일인일책의 시대가 온다〉

즉 근거에 해당하는 것이 바로 사례가 될 것이다. 나의 주장과 근거를 적절하게 배열하면 한편의 멋진 글이 되는 것이다. 나의 주장 즉 책의 목적도 중요하지만, 사례의 중요성도 결코 과소평가해서는 안 된다. 사람들은 내 주장보다 예에 약하기 때문이다. 그 예를 찾는 가장 좋은 방법이 무엇일까? 바로 독서다. 좋은 예를 많이 찾을수록 책쓰기는 수월하다. 무엇보다 근거가 튼튼한 책이 된다. 좋은 책일수록 그렇다. 자료의 양이 얼마나 중요한지는 다음 '두 달 안에 초고 완성하는 비법'에서 더 다루도록 하겠다

나는 사람들이 책쓰기를 얼마나 잘하는지 알려주기 위해 유튜브 영상이나 책의 한 구절을 자주 인용한다. 특히 타임머신과 관련된 영상을 보여주면서 '여러분이 과거로 돌아간다면?'이라는 주제를 주면 A4 반장에서 한 장 정도는 쉽게 쓴다. 그리고 다른 주제로 또 한 구절, 두 구절 적는다. 그러다 보면 어느새 A4 2장 정도는 쉽게 끝난다. 거의 1시간도 걸리지 않는다. 하지만 혹시 알고 있는가? 1시간 만에 쓴 A4 2장은 지금 읽고 있는 부분의 핵심이 된다. A4 2장 정도면 훌륭한 한 꼭지가 된다. 그 꼭지가 40개 정도 모이면 한 권의 책이 된다. 1주일 안에 책 한 권을 쓰는 사람과 한 달 또 두 달 만에

책을 썼다는 사람이 많다. 훌륭한 사례만 있다면, 그리고 하고 싶은 말만 있다면 생각보다 많지 않은 양이다.

예비작가들이 처음에는 수많은 책의 분량을 써야 한다는 사실에 놀라서 좌절하지만, 글감만 충분하다면 책의 분량은 그리 큰 문제가 되지 않는다. 그리고 무에서 유를 창조하려고 하니까 힘든 것이다. 꽤 많은 분량의 책을 자신의 이야기로만 채우기는 힘들다. 그래서 많은 작가가 필사를 추천한다.

좋은 글 역시 모방에서 나온다. 글을 많이 읽지 않으면 좋은 글을 쓸 수 없다. 글을 쓰는 사람에게 독서는 지식과 정보 습득 이상의 의미를 가진다. 책을 열심히 읽어야 좋은 글을 알아보는 눈이 떠지고, 또 독서를 통해 다른 사람은 어떻게 글을 쓰는지 알 수 있다.

창조는 창의적 모방이다. 무에서 유를 만들어내는 것이 아니라 유에서 새로운 유를 만드는 것이다. 하늘 아래 새로운 게 어디 있겠는가. 피카소는 세잔의 「목욕하는 여인들」에서 아이디어를 얻어 유명한 「아비뇽의 처녀들」을 그렸고, 모차르트는 하이든의 「레퀴엠 다단조」를 모방해 「레퀴엠 라단조」를 완성했다. 『행복론』을 쓴 프랑스 철학자 알랭Alain은 "모방하지 않는 사람은 창조하지 못한다"라고 단

언했다. 〈내 인생의 첫 책 쓰기, 오병곤, 홍승완〉

유튜브를 통해 고영성 작가님의 말씀을 들을 기회가 있었다. 〈우리 본성의 선한 천사〉라는 책에 관한 이야기였는데 다음과 같다.

167페이지에 인용한 횟수가 257번입니다. 이 책은 명저입니다. 이렇게 근거가 많기 때문에 명저입니다.

당신이 책에 쓸 사례가 그런 역할을 한다. 사례가 확실할수록 당신의 책을 더욱 빛나게 해 줄 것이다. 모든 사례는 반드시 참인지 거짓인지 조사해보고 쓰기를 바란다. 어느 작가처럼 "나는 그냥 옮겨적었습니다. 내 잘못 아닙니다."라는 자세는 옳지 않다고 생각한다.

드디어 마지막 결론이다. 사실 나는 결론 쓰기가 가장 쉬웠다. 혹시 지금 이 책을 읽으면서 결론의 공통점을 발견했는가? 잠시 보고 와도 좋다. 혹시나 주의 깊게 이 책을 읽었다면 소제목이 결론에 그대로 있다는 점을 발견했을 것이다. 소제목 그대로 혹은 소제목과 비슷한 문장이 결론에 있다. 소제목은 이 책이 말하고 싶은 이야기다. 즉, 결론만 봐도 소제목의 내용을 알 수 있어야 한다. 그래서 결론에서 다시 한번 강조하는 것이다.

나는 도저히 서론과 본론을 쓰지 못할 때는 결론부터 쓴다. 사실 결론은 금방 쓴다. 하고 싶은 이야기가 너무 많아서 오히려 줄이는 것이 힘들 정도였다. 당신도 결론 먼저 써보면 어떨까? '결론 쓰기가 이렇게 쉬울 줄이야!' 라며 외치는 자신을 발견할 것이다. 사실 이 부분도 결론 먼저 썼다.

혹시 '책쓰기가 이렇게 쉬울 줄이야!' 라며 생각하지 않았는가? 무엇이든 시작이 어렵다. 하지만 한 단어, 한 줄만 쓰다 보면 갑자기 쓰고 싶은 말이 생겨날지 누가 알겠는가? 나도 책 한 권만 쓰고 끝날 줄 알았다. 그런데 3달도 되지 않아서 두 번째 책을 쓰게 될지 누가 알았겠는가? 책 쓰기 전에는 책을 도저히 못 쓸 줄 알았다. 하지만 지금은 완전히 생각이 달라졌다. '누구나 책을 쓸 수 있다.' 라는 사실을 깨달은 것이다. 단지 이제까지 방법을 몰랐던 것뿐이다. 누구나 방법만 알면 할 수 있다. 당신이 현재 하는 일이 책쓰기 보다 더 어려울지도 모른다. 내가 알려주는 방법대로 한번 책을 써보라. 책쓰기는 분명 힘들다. 하지만 불가능한 일은 아니다. 그래도 안 된다면 연락해도 좋다. 당신을 도와주고 싶다.

## 10 :

## 퇴고 다섯 번 하며 원고 다듬기

어느 날 초고를 마친 작가가 쉬고 있었다. 아내가 초고를 보고 소리쳤다.

"당신의 글은 쓰레기 같아요!"
"맞아, 하지만 일곱 번만 교정하면 완전히 달라질 거야!"
노벨 문학상을 받은 조지 버나드 쇼와 그 아내의 대화다.

비슷한 예가 또 있다.

처음 소설 습작을 아내한테 보여주니까 속으로 '애는 절대로 작가가 될 수 없다.' 라고 생각했다는 거예요. 그런데 그것도 몇 년 하다 보니 실력이 늘어서 소설가가 됐어요.

장강명 소설가의 말이다. 앞서 말했듯이 초고는 초고일 뿐이다. 헤밍웨이는 '초고는 걸레다' 라는 과격한 표현까지 썼다. 아마 모든 책이 초고 그대로 나온다면 가관일 것이다. 내 책의 초고만 봐도 얼마나 부끄러운지 모른다. 가끔은 '내가 쓴 게 맞나?' 라는 생각이 들 정도로 놀라기도 한다. 그래서 모든 초고는 숙성기간이 필요하다. 최소 일주일에서 한 달 정도는 초고를 잊고 쉬는 기간이 필요하다. 초고를 무사히 끝낸 자신에게 선물을 주는 것도 좋은 선택일 것이다.

나는 이때 초고를 제본한다. 그리고 여자친구와 또 주위에 믿을 만한 친구에게 읽어달라고 부탁했다. 그리고 쉬는 기간이 끝난 후 피드백을 부탁했다. 그 쉬는 기간에도 목차는 늘 소지하고 다녔다. 번뜩이는 그 순간을 놓치고 싶지 않았기 때문이다. 하지만 결코 원고를 열어보지는 않았다. 지금 본다고 해도 내 실수가 보이지 않기 때문이다. 중간중간 좋은 아이디어가 떠오르면 메모했다. 새로 넣고 싶은 예가 나올 때도 메모했다.

더 좋은 제목은 없는지, 더 좋은 목차는 없는지, 더 좋은 소제목은 없는지 고민했다. 책이 일단 세상에 나오면 다시 고치기가 어렵기 때문이다. 아무리 좋은 원고라도 다듬지 않으면 출판사의 선택을 받지 못할 수 있다. 운 좋게 계약을 한다 하더라도 '원고수정' 이라는 청천벽력같은 소식을 들을 수도 있다. 이 기간에 얼마나 심혈을 기울이느냐에 따라서 출판이 될지 안 될지 결정된다고 봐도 무방하다.

유명한 기자 한 분을 만났다. 강연도 자주 하시는 분이었는데 SNS에서도 재치 있는 글쓰기로 꽤 많은 팔로우가 있었다. 한마디를 하더라도 핵심을 담은 글을 썼고, 위트있게 표현했다. 나는 그분이 평소에 어떻게 생각을 정리하는지 궁금했다. 관광버스를 타고 이동하며 친구와 이야기를 나누던 중 '재미가 먼저냐, 의미가 먼저냐' 라는 주제로 토론을 하게 되었다. 사실 재미가 먼저인지, 의미가 먼저인지는 정답이 없었다. 그러던 찰나 건너편에 앉아있던 기자님이 본인의 생각을 말하기 시작했다. 우리의 토론을 듣고 있었던 것이다. 기자님은 '재미가 먼저라고 생각한다' 며 즉흥적으로 이야기를 시작했다. 그러나 이때 나는 조금 실망을 했다. 그분의 이야기에 두서가 없었기 때문이다. 그분의 SNS 글은 정제가 잘 되어있고, 강의에서는 청산유수로 말씀을 잘하시는 분이었는데, 의외였다. 잠시 후 옆을 보니 기자님은 스마트폰으로 뭔가를 기록하고 있었다. 그렇게 30분이 지났을까? 갑자기 그분이 우리에게 다시 말을 걸었다. "이제야 정리됐어. 의미보다 재미가 더 중요해. 왜냐하면! ……." 하면서 정리된 생각을 술술술 말하기 시작했다. 그 이야기를 듣던 우리는 어벼에 놀라 입을 다물 수가 없었다. 더욱 놀라웠던 것은 그날 저녁이었다. 그 생각이 더 발전

되어 한 편의 칼럼으로 작성돼 SNS에 올라왔다. 〈생각정리스피치〉

그렇다. 아무리 말을 잘하는 사람도 다듬는 과정 즉 퇴고의 과정이 필요하다. 그 과정이 없다면 복주환 작가가 느꼈던 것처럼 실망할 수밖에 없다.

나는 시간을 잘 지킨다. 그런데 출판계약 이후 퇴고를 하던 중 실례를 무릅쓰고 출판사 편집 담당자에게 약간의 말미를 부탁했다. 왜냐하면, 내가 봐도 퇴고를 하면 할수록 책이 더 좋아지는 것이 느껴졌기 때문이다. 그래서 '한 번만 더' 라고 외치며 퇴고를 했다. 사실 더 퇴고하고 싶었다. 물론 그 과정이 쉽지만은 않았다. 같은 책을 심지어 내용도 다 아는 책을 계속 읽으려니 여간 힘든 일이 아니었다. 하지만 일단 세상에 나오면 다시 못 고친다는 생각으로 새벽을 깨우고 또 밤을 새워서 퇴고했다. 사례도 새롭게 수정하고, 오 · 탈자도 수정하고, 심지어 어떤 원고는 새롭게 탈바꿈하기도 했다. 그럼에도 저자 증정본을 보니 오 · 탈자가 있어서 속상했던 기억이 난다.

탈고할 때는 꼭 종이로 보는 것을 추천한다. 그리고 소리 내서 읽어보면 어색한 부분을 발견하기가 수월하다. 이때는 세세한 부분보다는 큰 그림 즉 방향성을 보는 것이 중요하다. 이때쯤 나는 지인들에게 초고를 읽었던 소감을 듣는다. 오 · 탈자를 고치기도 하고, 부적절한 부분은 없었는지, 개선할 것은 없는지 대화를 나눈다. 이때 중요한 것은 다른 사람의 말을 듣되 필터가 되어야지, 스펀지가 되어서는 안 된다는 것이다. 독서 할 때도 마찬가지지만 그 작가나 책이 100% 맞다고 단정할 수 없다. 오히려 잘못된 예와 잘못된 사실이 있는 책도 적지 않다.

받아들일 것은 받아들이되, 주관을 갖고 선택해야 한다. 왜냐하면 이 책은 당신이 쓴 책이기 때문이다. 남의 말을 듣고, 남의 인생을 산 사람 중에 행복한 사람을 거의 보지 못했다. 결과가 어떻든 내가 선택하고, 내가 책임진다는 생각으로 원고를 다듬었으면 한다. 그 원고는 당신만이 쓸 수 있는 원고다. 그것만으로도 가치 있다.

퇴고하는 과정이 초고를 쓸 때보다 더 고통스러울 수도 있다. 하지만 이 고통스러운 과정이 반드시 필요하다. 일정 기간 쉰 다음 원고를 보면 생소한 부분이 많이 생긴다. 심한 경우 나처럼 어느 한 꼭지는 완전히 달라질지도 모른다. 초고를 쓸 때는 보이지 않던 것들이 보이기 시작하는 것이다. 어떨 때는 어제 쓴 편지를 보는 것처럼 부끄러운 마음이 들기도 한다. 하지만 그럴 때마다 기억했으면 한다. 나에게 글을 보는 '안목'이 생긴 것이며, 초고를 쓸 때보다 더 성장했다는 사실을 말이다.

퇴고는 하면 할수록 원고를 빛나게 한다. 괜찮은 글을 좋은 글로 바꿔준다. 읽을만한 글을 읽고 싶은 글로 바꿔준다. 그래서 퇴고는 몇 번을 강조해도 지나치지 않을 것이다. 말한 것처럼 원고 마감기한을 어기면서까지도 퇴고를 했다. 그런데도 아쉬움이 생길 정도로 탈고는 묘한 중독성이 있다.

수많은 투고 메일이 출판사로 날아든다. 생각보다 짧은 시간에 당신의 원고는 선택될지, 폐기될지 결정된다. 나는 내가 어떻게 10분 만에 출판사의 전화를 받고 출판계약을 할 수 있었는지, 아직도 의아하다. 하지만 하나 확실한 것은 끊임없는 퇴고가 분명 그 이유 중 하나였다는 사실이다.

'한번 쓱 봤는데 이렇게 오 · 탈자가 없는 깔끔한 원고는 오랜만입니다. 마음에 드는데요?'

퇴고한다고 모든 원고가 출판되는 것은 아니다. 하지만 출판된 원고는 퇴고했다는 사실을 기억했으면 한다.

11 :

## 저자 프로필 쓰기

(1) 어려서부터 책을 좋아했고, 글쓰기를 좋아했습니다. 부모님의 반대에도 글을 쓰고 싶어서 문창과에 들어갔습니다. 어른이 된 지금도 글을 쓸 때 가장 큰 행복을 느끼는 사람입니다. 일 년에 한 권씩 책을 써서 40세에는 베스트셀러 작가가 되는 꿈을 꿉니다. 이번에 첫 책이 나오면 주위 사람들에게 알려서 베스트셀러가 될 수 있도록 열심히 뛰겠습니다.

(2) 1995년부터 현재까지 중학교 국어 교사로 일하고 있습니다. 이십 년 넘게 교단에 있으면서 한국의 비정상적인 교육 현실과 어른의 무관심이 얼마나 아이들의 마음을 삭막하게 만드는지 깨달았습니다. 수년 전 근무했던 학교에서 수업 시간마다 교실 맨 뒷자리 한쪽 구석에 엎드려 자고 있던 아이를 떠올리며 글을 쓰기 시작했습니다. 지금

도 앞으로도 마음이 닫혀 있는 많은 청소년에게 손 내밀어 주는 글을 쓰려고 합니다.

당신이라면 두 사람 중 어떤 사람의 글을 먼저 보고 싶은가? 〈출판사에서 내 책 내는 법〉

출판 계획서에는 저자의 프로필이 들어간다. 어떤 원고인지도 중요하지만, 어떤 사람이 썼는지도 중요하다. 그래서 몇 번이라도 고쳐 쓰는 것을 추천한다. 이력서처럼 쓰기보다는 내가 왜 이 책을 썼는지를 저자 소개와 함께한다면 더욱 좋을 것이다. 서점에 가서 저자 프로필을 봐도 스토리 형식으로 되어있다는 것을 쉽게 알 수 있을 것이다. 정 어렵다면 서점이나 도서관에서 끌리는 저자 소개를 찾는 것도 좋은 방법이다. 저자 소개의 틀을 그대로 유지하되 내용만 바꾸어도 훌륭한 저자 소개가 될 것이다.

처음에 출판사로부터 자기소개를 요청받았을 때 적을 것이 없어서 한참 컴퓨터 모니터만 바라보던 순간이 있었다. '내가 감히 독서에 관해 말할 수나 있나?' 라는 생각이 들었고, 그간의 이력을 쓰려니 독서와 전혀 상관없이 살았기 때문에 독자의 외면을 받을 것만 같았다. 그렇다고 멋진 대학교를 나온 것도 아니고 특별한 이력이 있지도 않았다. 만약 당신도 이런 상태라면 어떻게 해야 할까?

일명 '자기소개하기' 단계다. 당신이 쓴 책이 출판사로부터 선택된다면 담당 편집자는 당신의 글에 맞는 그럴듯한 소개 글을 써줄 것이다. 하지만 우선 그 선택의 단계까지 매끄럽게 갈 수 있도록 '나'를 어필하는 것은 매우 중요하다. 저자 소개를 쓰라고 하면 "나는 학벌도 별로고 내세울 게 아무것도 없는데, 뭘 써야 하죠?"라고 묻곤 한다.

저자 소개는 이력서와는 다르다. 이력서에는 내가 지원하는 업무에 관련된 모든 이력과 인사담당자가 플러스로 간주할 만한 모든 특이사항을 적어야 하지만, 저자의 소개글은 좀 다르다. 자신의 프로필을 어필하기 위해 학벌이나 연구 성과, 미디어에 소개된 이력들을 나열하면 도움 될 것이다. 소설가나 예술가의 경우 기존 출간작이나 현재의 작품 활동을 중심으로 적는 것도 좋다.

그런데 이런 게 없는 경우는 어떻게 해야 할까? 내가 만약 당신과 이야기하는 중간에 "당신에 대해 소개를 좀 해주세요"라고 요청한다면 무슨 이야기를 하겠는가? 더욱이 내게 좀 잘 보이고 싶은 상태라면 말이다. 자기소개는 약력을 나열해도 좋고 이야기 형식으로 나의

히스토리를 적어도 무방하다. 〈책쓰기가 이렇게 쉬울 줄이야〉

독자는 책의 제목에 끌린 다음 저자가 누구인지를 보게 된다. 책의 중요한 부분이므로 매력적으로 적는 것이 중요하다.

그리고 이 저자 프로필은 첫 번째 독자인 편집자에게 가장 먼저 도착한다. 하루에도 수십 번씩 똑같은 저자 프로필을 봐야 하는 편집자에게 '어떤 프로필이 더 눈에 띌까?'를 고민하면 보내면 큰 도움이 되지 않을까?

저자 프로필은 일종의 포장지다. 처음 프로필을 적을 때 엄청나게 고민했던 기억이 난다. 2~3개 적고 나니 적을 것이 없었기 때문이다. 그렇다고 거짓을 넣어서는 안 된다. 최근 프로필에 한 줄의 실수 때문에 그간의 이력에 큰 금이 간 일도 있다. 1억 원 정도의 손실이 발생하기도 했고, 뉴스에 나올 정도로 꽤 오랫동안 다루어졌다. 독자들이 다시 그 사람의 책을 볼까?

앞서 말한 것처럼 저자 프로필은 정성 들여 써야 한다. 출판사는 출간 계획서를 보고 '괜찮다' 싶으면 원고를 본다. 출간 계획서는 책의 첫인상이다. 독자들의 90%가 책 제목을 보고 책을 읽을지 말지 결정하는 것처럼, 출간 계획서도 그런 역할을 한다.

베스트셀러인 〈나는 마트대신 부동산에 간다〉의 김유라 작가는 '어떻게 초보 작가가 베스트셀러 작가가 되었냐?' 는 질문을 많이 받는다고 한다. 여러 가지 이유가 있겠지만, '아들 셋 엄마' 라는 너무 평범한 사실이 그녀에게는 보랏빛 소가 되었다고 한다.

그녀는 부동산 학위가 있거나 혹은 경제를 전공한 전문가가 아니었다. 하지만 오히려 평범하다는 사실 자체가 김유라 작가를 특별하게 한 것이다. 그녀의 저자 프로필은 다음과 같다.

1983년생, 아들 셋을 키우는 다둥이 엄마이자 외벌이 남편을 둔 전업주부다. 은행원이었지만 결혼을 하고 임신을 하면서 직장을 그만뒀다. 살림에 조금이라도 보태고자 멋모르고 시작한 펀드 투자로 큰 돈을 잃었고, 엎친 데 덮친 격으로 살던 전셋집마저 값이 크게 오르면서 아이 셋을 데리고 쫓기듯 이사를 다녀야 했다. 그러다 문득 전세가가 미친 듯이 오르는 이유가 궁금해졌고, 자신의 삶을 좌지우지하는 경제에 대해 알아야겠다는 필요성을 느껴 독학으로 경제를 공부하기 시작했다. 〈아들 셋 엄마의 돈 되는 독서의 저자 프로필〉

정말 평범하지 않은가? 하지만 그 평범함이 다른 사람들에게 힘과 위로를 주었고, 그녀는 블로그와 카페를 통해 선한 부자 만들기에 힘을 쏟고 있다.

'책을 쓰세요' 라고 하면 다음과 같은 답을 많이 받았다.

'저는 너무 평범해요, 평범한 제가 무슨 책을 쓰나요?'

나는 다음과 같이 말한다.

"평범하니까 써야죠. 오히려 평범한 사람이 쓴 책이 더 베스트셀러가 잘 돼요. 누구나 평범해요. 하지만 책을 쓰면서 특별해집니다"

저자 프로필은 이력서와는 다르다. 그래서 이전까지 했던 일이 아니라 앞으로 하고 싶은 일을 적어도 좋다. 사람들은 추천사는 안 보더라도 저자 프로필은 꼭 보려고 한다. 그만큼 저자 소개는 매우 중요하다. 당신은 저자 프로필에 어떤 말을 하고 싶은가? 당신은 어떤 사람인가? 당신의 책을 어떤 사람이 읽었으면 하는가? 어떤 마음으로 책을 썼는가? 어떤 이야기를 세상에 하고 싶은가? 담담하게 그리고 솔직하게 저자 프로필을 작성하자.

## 12 :

# 출판사에 원고 피칭하기

이제 마지막 단계다. 바로 출판사의 문을 두드릴 단계다. 이제 이 벽만 넘으면 당신의 이름으로 된 책은 세상에 나오는 것이다. 그렇기 때문에 어쩌면 가장 중요할지도 모르겠다. 최근에는 출판사에 투고하는 사람이 많다. 편집자의 메일함에는 늘 불이 들어올 정도라고 한다. 수많은 원고 중에서 어떤 원고가 과연 선택받을까?

수많은 원고가 반려 메일을 받는다. 당신의 소중한 원고가 이런 대접을 받지 않으려면, 철저한 준비가 필요하다. 거의 모든 사람이 일할 때는 타성에 젖는다. 늘 똑같은 자리에서, 늘 똑같은 일을 하는 당신은 일할 때 늘 즐거운가? 아마 아닐 것이다. 하루하루가 지겨울 것이다. 그리고 이는 편집자도 마찬가지가 아닐까? 한편 〈출판사에서 내 책 내는 법〉을 보며 숨 막히는 편집자의 삶도 알게 되었다.

편집자의 일은 세간을 떠도는 소문과 달리 사실은 꽤 간단해서 한 문장으로 쓸 수 있다. 편집자는 지난주에 출간된 신간의 일일 판매량을 확인하고, 마케터의 요청으로 오전 중에 서점이나 디자이너에게 보낼 광고 카피를 쓰며, 다음 주에 마감할 책의 최종 교정지를 확인하면서 출간 전에 사용할 서점 미팅 자료와 출간 후 필요한 보도자료의 초안을 구상 또는 작성하다가(후략…) 〈출판사에서 내 책 내는 법〉

인용한 부분 외에도 더 많은 일을 한 후에 투고된 원고를 검토한다고 한다. 첫 번째 책을 낼 때 편집팀장의 답이 왜 늦을까?' 라고 생각했었는데 이렇게 살인적인 스케줄을 소화하는 줄을 몰랐다. 조금 더 정성스럽게 원고 피칭해야겠다는 생각이 들지 않는가?

그리고 일단 1차 검토가 끝나면 기획 회의에서 재논의할 때 가장 빈번하게 하는 질문이 다음 두 가지라고 한다.

'이 원고는 새로운 이야기를 하고 있는가? 이 원고를 필요로 하는 독자가 있는가?' 〈출판사에서 내 책 내는 법〉

이 핵심과도 같은 질문에 대답하는 책은 그리 많지 않다고 저자는 말한다. 그리고 다음과 같이 덧붙인다.

이 정도면 투고 원고가 기획 회의에서 자기 자신을 증명하고 살아남아 출판되는 일을 기적이라 불러도 모자랄 판이다. 그러나 분명 어떤 원고는 거의 모든 질문에 나름대로 타당한 답을 내놓는다. 〈출판사에서 내 책 내는 법〉

당신이 쓰려고 하는 책은 어떤가? 저자가 던진 2가지 질문에 명확하게 답할 수 있는가? 기적과도 같은 과정을 거쳐 출판될 수 있는가? 아니, 출판될 가치가 있는가? 앞에서 이야기했던 것처럼 어떤 책을 쓸 것인지, 어떤 콘셉트로 쓸 것인지는 그래서 중요한 것이다. 당신의 이야기가 세상에 나오길 원한다면 이 부분에서 충분히 고민해야 할 것이다. 그러면 당신의 원고는 분명히 좋은 원고가 될 것이다.

우리나라 사람들의 입소문은 엄청 매섭다. 이를 잘 활용하기 위해서라도 처음 책을 기획할 때부터 충분히 심사숙고해야 하고, 내용을 채워나가는 과정에서는 반드시 전문가의 도움을 받아야 한다. 베스트셀러는 절대 그냥 만들어지지 않는다. 혹시 알맹이가 없는데도 어찌어찌 포장을 아주 잘해서 첫 책의 초판을 다 팔았더라도, 그런 저자

에게 두 번째 책이란 절대 없다는 것을 꼭 기억하자. 〈책쓰기가 이렇게 쉬울 줄이야〉

세상에 출판사는 많다. 하지만 그중에서 자신의 원고에 맞는 출판사를 정해야 한다. 나는 독서와 관련된 책을 썼는데 경제서를 전문으로 하는 출판사에 아무리 투고한다 하더라도 그 책이 출판될 수 있을까? 아무리 원고가 좋아도 서로 감정만 상할 것이다. 그래서 관련 분야 코너에서 출판사를 찾는 노력이 필요하다.

나는 투고하기 전에 광화문 교보문고에서 출판사 리스트를 모았다. 사진 찍고, 메모하고, 내 책이 이 책장에 꽂혀있는 상상을 했다. 이 중에 어떤 출판사와 손을 잡게 될까? 생각하며 정성스럽게 메모했던 기억이 난다.

투고하기 전 꼭 하고 싶은 말이 있다. 거절에 익숙해지라는 것이다. 나도 수많은 거절을 경험했다. 마음이 무너졌다. 앞서 말한 것처럼 출판사는 많다. 그중에 당신의 원고를 알아볼 곳은 분명히 있을 것이다. 혹시나 실패했더라도 탈고한 후 다시 한번 도전해보자. 세상이 빠르게 변하는 것처럼 출판계도 마찬가지다. 그리고 출판사는 늘 원고를 기다리고 있다. 도전하는 횟수가 많을수록 성공할 확률도 올라간다. 희망을 갖고 원고를 투고하자.

"원고투고를 1,000명이 하면 1명이 된다."

이상민 작가의 말이다. 오히려 안 되는 것이 정상이라며 예비 저자를 위로한다. 그럼에도 '좋은 내용의 책을 써야 할 것'을 강조한다. 그렇다. 결국 강조하고 싶은 것은 책 안의 내용이다. 당신은 어떤 내용을 가졌는가? 어떤 내용을 쓰고 싶은가? 살 만한 가치가 있는가?

'목차만 봐도 어떤 책일지 기대됩니다. (…중략…)월요일에 일하기 힘들지만 좋은 원고를 보게 되면 이 일을 한다는 것이 참 복이구나 싶습니다.'

앞서 말한 대로 당신이 원고는 순식간에 출판 여부가 결정된다. 출간 계획서와 제목, 목차에 더욱 신경을 써야 할 이유일 것이다. 마지막으로 절대 출판사에 원고를 보낼 때 전체메일로 보내서는 안 된다. 그런 원고는 바로 버려진다. 출간 계획서와 전체 원고를 가지고 자신감 있게 출판사에 원고를 피칭하라. 1,000명 중의 1명이 당신일지도 모른다. 도전하지 않으면 모른다.

## 13 :

# 최고의 조건으로 출판사와 계약하는 방법

내가 책을 내면 몇 권이나 팔릴까? 내가 아는 지인들만 다 사줘도 순식간에 베스트셀러 되는 거 아니야? 몇 권씩 사는 사람들도 있을 것이고, 금방 2쇄 찍는 거 아니야? 그런 상상을 했다. 너무 궁금해서 출판사에 물어봤는데 생각보다는 그렇게 많이 팔리지는 않았다. 초보 작가치고는 많이 팔았다고는 하지만 생각보다는 실망이었다. 얼른 2쇄 찍으면서 오 · 탈자들도 고치고 싶었고, 또 좋은 책 추천도 더 하고 싶었는데….

혹시 당신도 1,000부 정도는 순식간에 팔릴 것이라고 생각하는가? 나도 그럴 줄 알았다. 회사 동료, 교회 사람들, 친구들, 지인들, 온라인 인맥들 모든 사람이 축하하며 책을 사줄 거라 믿었다. 하지만 그 예상은 보기 좋게 빗나갔다. 오히려 온라인에서 함께 활동하면서 작가의 꿈을 꾸고, 자기계발을 하는 분들의 반응이 훨씬 좋았다. 씁쓸하게도 책은 생각 보다 팔리지 않는다.

어떤 목사님이 음반을 냈다고 한다. 대형 교회의 목사님이라 기대가 컸다고 한다. '교인만 몇천 명인데 순식간에 다 팔리겠지?' 라는 생각으로 음반을 냈는데 그 반응은 정말 싸늘했다고 한다.

출판된 책의 상당수는 2쇄도 찍지 못하고 서점의 서가에 꽂혀있거나, 혹은 창고에 보관되기도 한다. 창고에 보관할 때도 보관비가 따로 들어간다고 한다. 출판사는 손해를 보게 되고, 그 손해가 누적되다 보면 결국 망하는 것이다. 그렇기 때문에 출판사는 한 권, 한 권이 조심스럽다. 의외로 유명한 사람이 책을 냈는데도 잘 안 팔리는 경우도 적지 않다. 블로그에 이웃이 많다고, 유튜브에 구독자가 많다고, TV 출연을 했더라도 도움이 될 뿐인지 절대 많이 팔린다고 장담할 수는 없다. 투고 성공 확률은 그만큼 낮은 것이고, 당연히 어느 정도 팬층이 있는 작가의 책을 내려고 할 것이다.

며칠 동안 서점과 도서관에서 직접 출판사 리스트를 작성하고 간절한 마음으로 담아 투고했다. 수많은 출판사에 투고했는데 거절 메일을 수도 없이 받았다. 심지어 답이 없는 곳도 있었다. 근데 답이 없는 것이 아니고, 못하는 거였다. 출판사가 존재하지 않았으니까. 의외로 존재하지 않는 출판사가 많았다.

한 권의 책을 출판할 때 드는 비용을 아는가? 한 유튜버의 영상을 보니 편집, 디자인, 광고 등의 비용을 계산해보니 3천만 원 정도가 나온다고 한다. 기획 출판을 하게 되면 그 모든 비용을 출판사에서 지출하게 된다. 3천만 원이면 그리 적은 금액은 아니다. 그런데 요새는 1쇄가 다 팔리는 경우가 10%도 안 된다고 한다.

그렇다고 내 이름으로 된 책을 포기해야 할까? 아니다. 다행히 출판사는 많다. 하지만 그중 어떤 출판사와 계약할지는 정말 중요한 문제다. 출판사도 종류가 있다. 이름만 들어도 알만한 대형 출판사도 있을 것이고 규모가 그보다는 작은 중소형 출판사도 있다. 예비 작가들은 무턱대고 대형 출판사에 투고하려고 한다. 그리고 그다음에 기준을 낮춰서 작은 출판사에 투고한다. 이왕 취직하려면 대기업에 가는 게 좋다고 생각하는 것처럼 대형 출판사에 투고하는 자체가 나쁜 것은 아니다. 하지만 대형 출판사와 장점과 단점을 모르고 그냥 대형 출판사라는 이유만으로 투고한다면 좀 더 고민해봤으면 한다. 대형 출판사에서 나온다고 꼭 베스트셀러가 되는 것은 아니기 때문이다. 오히려 작은 규모의 출판사에서 베스트셀러가 나오는 경우도 적지 않고, 심지어 1인 출판사의 예도 적지 않다. 또 전자책은 큰 비용 없이도 출간할 수 있기에 벽은 분명히 낮아졌다.

하지만 개인적으로는 꼭 출판사를 통해 꼭 계약을 했으면 한다. 출판사는 전문가다. 그리고 전문가이기 전에 한 사람의 독자다. 그 독자도 설득하지 못하는 글로 다른 사람을 설득할 수 있을까? 물론 좋은 책을 못 알아볼 수도 있다. 조지 버나드 쇼도 같은 이유로 출판사를 비판했다. 하지만 말한 대로 출판사는 많고 그중에 당신의 옥고를 알아볼 출판사는 분명히 있을 것이다.

최고의 조건으로 출판사와 계약하려면 어떻게 해야 할까? 아마 다음 사항에 주의해야 할 것이다.

출간 일정
계약금
인세
저자 증정 부수
원고수정

대형 출판사와 계약을 하면 책 출간까지 얼마나 걸릴까? 대형 출판사는 일정이 바쁘다. 수개월이 걸리거나 혹은 1년이 걸릴 수도 있다. 가장 최악의 상황은 그 책이 나오지 않을 수도 있다는 것이다. 또 대형 출판사는 잘 될 것 같은 책 위주로 광고를 한다. 만약 당신이 처음 책을 썼다면 출판사의 선택을 받을 수 있을까?

중소형 출판사는 어떨까? 우선 출간 시기가 빠른 편이다. 말한 것처럼, 출간 시기가 늦어지면 계약이 파기되는 경우도 있다. 트렌드가 변하기 때문이다. 무엇보다 중소형 출판사는 한 권, 한 권에 정성을 다한다. 오히려 그렇기 때문에 당신에게는 득이 될 수도 있다.

계약금은 선인세라고 생각하면 될 듯하다. 보통 50~100만 원을 받는다. 많은 예비작가가 출판하려면 돈을 내야 한다고 생각하는데 틀렸다. 오히려 돈을 받고 출판한다. 이때 주의할 점은 계약금을 주지 않거나 제작비를 요구하는 등 비용을 요구하면 고민해보는 것이 좋다. 책 구매를 요구하는 출판사도 있는데 100~200부 정도는 저자 홍보나 특강 때 팔 수 있으므로 괜찮지만, 그 이상의 요구가 있을 때도 고민해보는 것이 좋다.

인세는 6~10%다. 겨우? 라고 생각했다면 출판 시장이 불황이라는 사실을 기억했으면 한다. 실제로 출판사도 겨우 그 정도의 이익을 가져간다. 정산 시기가 출판사마다 다르므로 물어보는 것이 좋다.

저자 증정 부수는 출판사마다 다르다. 10부 정도를 주는데, 할인된 가격으로 구매할 수도 있다.

원고수정은 잘 생각해봐야 할 문제다. 나는 초고를 쓴 후 수회의 퇴고를 했다. 퇴고하면 할수록 더 좋은 원고가 되었기 때문에 심혈을 기울여 퇴고했지만, 정말 힘들었다. 다행히 원고 보완 정도의 요청만 왔다. 어떤 작가는 거의 모든 원고를 고쳐달라는 요구도 있었다고 한다. 이제껏 쓰는 것도 힘들었는데, 다시 쓰려면 그 이상의 노력이 필요하다. 그래서 계약할 때 가능하면 이 부분도 주의하는 것이 좋다.

어떤 출판사, 어떤 편집자를 만나느냐에 따라 책의 운명이 달라진다. 그래서 최고의 조건으로 계약하는 것도 중요하지만, 자신에게 맞는 최고의 출판사를 만나는 것도 중요하다. 대기업이 반드시 좋은 것이 아닌 것처럼, 자신에게 가장 맞는 출판사를 잘 만나고, 최고의 조건으로 계약했으면 한다.

14 :

## 온라인 마케팅 적극 활용하기

많은 저자가 원고를 완성해서 출판사에 넘기면, 자신이 할 일은 다 했다고 생각하는데, 그렇지 않다. 책은 출간하는 데 목적이 있는 게 아니라 판매가 목적이다. 고객들에게 책을 팔아야 하고, 그렇게 하려면 출판사뿐만 아니라 저자까지 나서야 한다.
〈이젠, 책쓰기다〉

나도 처음에 책을 쓸 때는 정말 똑같은 생각을 했다. 마치 로또를 사고 난 뒤에는 기다리는 방법밖에 없는 것처럼 출판사가 잘 팔아주기를 기다려야 하는 줄 알았다. 심지어 어떤 저자는 '책만 나오면 된다' 라는 마음으로 책을 쓰기도 한다. 책만 나와도 저자는 '밑질 것이 없다.' 라는 생각을 하기 때문이다. 그 250장짜리 두꺼운 명함을 위해 1,000:1의 벽을 넘은 것일까?

하지만 출판사의 입장은 다르다. 한 권의 실패에도 큰 타격을 입는다. 이렇게 몇 번 실패하면 출판사의 문을 닫아야 한다. 실제로 첫 번째 투고 메일을 보냈을 때 사라진 출판사가 많았다.

나는 싫은 소리를 잘 못 하는 성격이라 가까운 지인에게 말고는 책 출간 소식을 알리지 않았다. '혼신의 힘을 쏟아서 책을 썼으니 사람들이 자연스럽게 알아주겠지' 라는 안일한 생각으로 책 출간을 준비했다. 물론 활동하고 있는 블로그와 유튜브에서는 책 출간 영상도 찍으면서 홍보를 했지만, 그 힘이 약했다. 책만 나오면 끝이라고 생각했지만, 절대 아니었다. 오히려 시작이었다.

『생각정리스킬』 출간 이후에는 생각정리스쿨과 출판사 주최로 저자 강연회를 일주일에 2~3번씩 한 달에 무려 10번 이상을 진행했다. 평일에 오지 못하는 독자를 위해 주말 과정을 열었고, 오후에 오지 못하는 분을 위해 저녁 과정도 열었다. 사실 이렇게 저자 강연회를 자주 연다는 것은 체력적으로나 시간적으로 결코 쉬운 일이 아니다. 저자 강연회는 대부분 무료로 진행되다 보니 돈을 벌려는 목적으로 진행되는 것도 아니다. 하지만 책을 알리기 위해 내가 가장 잘할 수 있는 방법이 바로 '강의' 라고 생각했기 때문에, 나는 강의로 '발케팅' 을 했던 것이다. 〈생각정리기획력〉

책 출간 이후 나도 쉬지 않고 강의를 하고 있다. 한 달에 한 번 정도는 크고 작은 강의를 하고 있다. 하지만 오프라인 강의와 함께 꼭 해야 할 것이 바로 SNS를 활용한 온라인 마케팅이다. 심지어 SNS를 통해서 저자가 되기도 한다.

〈며느라기〉라는 책이 있다. 제주도의 한 도서관에서 우연히 보게 되었는데, 시간 가는 줄 모르고 보게 되었다. 작가를 자세히 알아보니 정말 신기했다. 페이스북에 그냥 올렸는데 폭발적인 인기를 얻었고, 책까지 나오게 되었다고 한다. 즉 SNS만 잘 활용해도, 오히려 출판사에서 연락이 오게 된다. 그런 예가 적지 않다.

그리고 당신이 책을 쓰면서 출판사 투고한다고 해도 SNS활동은 필수다. 출판사는 엄청난 리스크를 걸고 책을 출간한다. 뚜껑을 열기 전까지는 아무도 그 결과는 알 수 없지만, 그때 만약 당신이 인플루언서라면? 블로그나 유튜브 그리고 페이스북 등 다양한 채널로 이미 수많은 사람과 소통하고 있다면? 조금 더 긍정적인 영향이 있지 않을까?

인터넷 영향력은 책을 쓰기 시작하면서, 책을 출간하고 나서부터 본격적으로 시작해야 하며, 적어도 3년간 꾸준히 노력해야 한다. 하루에 1~2시간을 매일 할애하거나, 적어도 3일에 1~2시간은 할애해야 한다. 일상사에 대한 사진도 매일 찍어야 하고, 항상 행동거지를 조심해야 한다. 공인이라는 생각을 가지고 밖에 다닐 때도 잘 입고 다녀야 하고, 말과 몸가짐도 조심해야 한다. 또, 늘 사진을 찍는 것을 습관으로 하고, SNS에 작은 글이라도 신중히 최선을 다해서 올려야 한다. 그러지 않으면 요즘 같은 마케팅 전쟁 시대에 살아남을 수가 없다. 〈책쓰기의 정석〉

거의 매일 같이 신간이 쏟아지고 있다. 초반에 판매량이 저조하면 매대는커녕 서점에 책꽂이에도 꽂히지 못할 수도 있다.

가끔 자기 책을 홍보하는 것을 격이 떨어진다거나 창피한 일이라고 생각하는 저자들이 있습니다. 그래서 책이 나온 뒤에 의외로 더 소극적인 분들이 있지요. 하지만 요즘처럼 책 한 권 팔기 어려운 세상에서 점잖은 마케팅은 그리 효과적이지 않습니다.

생각해보세요. 어디서든 자신 있게 자신이 쓴 책에 대해 이야기하는 저자! 사람들이 더욱 그 책에 대해 호기심을 느끼지 않을까요? 자신감으로 중무장한 그 책이 궁금하지 않을까요? (중략…)

출판사에서 진행하는 광고나 홍보 활동보다 저자들의 적극적인 홍보가 더욱 힘을 발휘하는 시대입니다. 평소 친하게 지내는 인플루언서가 있다면 적극적으로 부탁하세요. 출판사에서 접근하는 것보다 개인으로 접근하여 부탁하는 것이 오히려 효과적입니다. '알아서 사주겠지' '어련히 알아서 홍보해주겠지' 생각하지 말고 도를 넘지 않는 선에서 요청하기 바랍니다. 강연 기회가 있다면 참석자들에게 책에 대한 호감도 심어주고요. 여러분의 모든 활동이 책 판매로 이어진다는 사실을 확실하게 인지하기 바랍니다. 〈출판사 에디터가 알려주는 책 쓰기 기술〉

그렇다. 당신의 모든 활동이 책 판매로 이어진다. 돌아보면 책 출간 이후 가장 아쉬웠던 것이 공격적으로 온라인 마케팅을 하지 않은 것이다. '당연히 알아서 사주겠지.' 했지만 세상에 당연한 게 어디 있을까? 1만 시간의 노력이 필요하지 않을까?

'1만 시간의 법칙이란, 1993년 미국 콜로라도 대학교의 심리학자 앤더스 에릭슨이 발표한 논문에서 처음 등장했다. 어떤 분야의 전문가가 되기 위해서는 최소한 1만 시간 정도의 훈련이 필요하다는 법칙으로, 이에 따르면 매일 3시간씩, 10년간 노력을 기울이면 한 분야의 전문가가 될 수 있다고 한다. 하루 10시간씩 투자하는 경우에는 3년이 걸린다' 라는 법칙이다.

정확히 '1만 시간은 아니다.' 라는 결론이 있지만, 그 결과는 오히려 우리에게 고무적이다. 바로 더 짧은 시간에도 충분히 가능하다는 결론이 나왔기 때문이다.

책이 나왔을 때 나는 이제 '끝' 이라고 생각했다. 하지만 수많은 사람이 이제 '시작' 이라고 말했다. 그 말의 의미를 조금만 일찍 깨달았다면 아마 책 출간 이후 그냥 흘려보낸 시간이 없었을 것이다. 하지만 절망하지 않고 다시 블로그와 유튜브, 카페 그리고 인스타그램 등 내가 할 수 있는 모든 채널을 통해 도움이 되는 정보를 나누고 있다.

집필이 끝나면 독서법과 책쓰기를 주제로 오프라인 및 온라인 강의 또한 계획 중이다. 남들은 목숨 걸고 해서 겨우 이룬 것들을 대충 이룰 수 있는 방법은 없다. 물론 날마다 열심히 한다고 꼭 성공하는 것은 아니다. 하지만 '성공한 사람은 모두 노력했다' 라는 명언을 기억하며 나는 오늘도 온라인 마케팅을 쉬지 않는다.

오늘부터 쓰기 시작한다면
그 끝은 분명히 책이 될 것이다.
작가가 되고 싶다는 꿈을
놓지 않는다면
분명히 작가가 될 것이다.

PART 04

# 스펙 인생이 아닌 스토리 인생을 살아라

Part
04

## 01 :

# 인생 2막 작가, 코치, 강연가로 살아가라

최미영 저자의 첫 책 〈아내 CEO 가정을 경영하라〉는 2015년 8월에 출간되었고, 교보문고를 비롯해 예스24, 알라딘, 인터파크 등 국내 유명 온 · 오프라인 서점에서 판매되기 시작했다.

그로부터 3개월 후, 최미영 저자의 삶은 완전히 바뀌어 있었다. 책을 출간하기 전에는 평범하게 만날 수 있는 전업주부였지만 책이 나오자마자 각종 여성지에서 인터뷰 제안이 들어오고 백화점 문화센터, 도서관, 대학교에서 강연 요청이 밀려 들어왔다. 급기야 2015년 11월에는 중국에서 강연 요청이 와서 중국으로 출강까지 하게 되었다. 〈이젠, 책쓰기다〉

나는 내 이름을 넣으며 내가 꿈꾸던 미래를 상상했다.

‘황준연 저자의 삶은 완전히 바뀌어 있었다. 책을 출간하기 전에는 평범하게 만날 수 있는 직장인이었지만, 책이 나오자마자…’

물론 책이 나오자마자 인터뷰 제안이 오거나 인생이 바뀐 것은 아니었다. 하지만 작은 강연을 하면서 만나는 모든 사람에게 독서습관과 책쓰기를 전했다. 독서 잘하는 법과 책 쓰는 방법을 물어보시거나 심지어 진로와 인생 상담을 원하기도 하셨다. ‘독서와 책쓰기는 알려드릴 수 있지만, 진로 상담은 어떻게 해야 하나?’ 고민했는데, 대화가 끝나면 늘 다음과 같은 말을 들었다.

‘감사합니다. 큰 도움이 되었습니다.’

감사의 말을 들었을 때마다 나는 생각했다.

“책쓰기 정말 잘했다. 내가 어디에서 이렇게 고맙다는 말을 많이 들어볼 수 있을까? 그저 내 인생의 경험을 나눴을 뿐인데, 작은 도움이라도 되어서 정말 행복하구나!”

당신도 이런 삶을 꿈꿔보고 싶지 않은가? 수많은 사람이 나를 기다리고, 또 나와 대화하는 것만으로도 행복해하고, '작가님 덕분입니다. 정말 감사합니다.' 라는 말을 어디에서 들어볼 수 있을까?

17세기 영국의 철학자 프랜시스 베이컨은 말했다.

'누구도 해낸 적 없는 성취란, 누구도 시도한 적 없는 방법을 통해서만 가능하다.'

당신이 이제까지 어떤 성취를 했던지, 책쓰기는 전혀 다른 길을 제시할 수 있다. 놀라운 성취를 위해서라면 이전과는 다른 시도를 해야 한다. 그것이 바로 책쓰기다.

독서를 좋아했기 때문에 지금도 온라인 독서모임과 오프라인 독서모임에 꾸준히 참석하고 있다. 작년부터 꾸준히 참석하고 있는데, 어느 날 사람들이 내 책이 나왔다는 사실을 알게 되고는, 자주 강연 요청을 받게 된다. '어떻게 독서 하면 되는지, 어떻게 책을 쓰면 되는지' 조언을 구하는 분들이 많다.

나는 지금도 사람들 앞에 서면 머리가 하얗게 된다. 사람들 앞에 나서는 것을 좋아하지 않기 때문이다. 하지만 한 분, 그리고 두 분 앞에서 이야기하다 보니 점점 습관이 되었다. 떨리는 마음은 숨길 수 없었지만, 덜덜 떨면서도 강연을 할 수 있게 되었다. 서울에서 처음으로 많은 사람 앞에서 강연할 때는 시간이 어떻게 가는지도 모를 정도였다. 처음 강연이었지만, 많은 칭찬을 들었다. 하지만 나중에 영상을 보니 목소리부터 자세까지 모두 엉망이었다. 그렇게 자책하고 있을 때 여자친구의 조언을 들었다.

"처음인데 잘했네. 누구나 처음에는 그러지 않겠어? 이렇게 사람들 앞에 선 것만으로도 대단한 거야. 아무나 앞에 서서 이렇게 이야기할 수 없잖아? 잘했어!"

정말 그랬다. 강연을 준비하면서 여러 강연가의 책을 읽었다. 삭막한 분위기, 어색한 분위기를 이기지 못하고 도망치듯 나왔다는 작가, 초반에 했던 말실수 때문에 냉랭한 분위기로 강연을 마친 어떤 강사의 이야기까지 수많은 이야기가 나를 위로했다. 처음부터 잘하는 사람이 어디 있겠는가? 그래도 다행인 것은 한 권의 책을 쓰면서 '독서' 만큼은 자신 있게 이야기할 수 있었고, 강연에 참여했던 사람들도 그 마음을 느끼고 공감해주셔서 정말 감사했다.

당신도 이렇게 새로운 인생 2막을 원하는가? 작가, 코치, 강연가로 살고 싶은가? 수많은 방법이 있을 수 있지만, 책쓰기 만큼 빠른 길은 없을 것이다. 1년 만에 어떤 분야의 전문가가 되는 일이 있을까? 1년 만에 다른 사람의 코치가 될 수 있는 일이 있을까? 잘 없을 것이다. 하지만 책은 가능하다. 책을 쓰면서 전문가가 될 수밖에 없기 때문이다.

선생(先生)이라는 한자를 아는가?

'본래 일찍부터 도를 깨달은 자, 덕업(德業)이 있는 자, 성현의 도를 전하고 학업을 가르쳐주며 의혹을 풀어주는 자, 국왕이 자문할 수 있을 만큼 학식을 가진 자 등을 칭하는 용어' 라고 한다. 쉽게 말해서 어떤 일이 경험이 많거나 잘 아는 사람을 우리는 선생님이라 부른다. 심지어 논어에서는 다음과 같은 말도 있다.

'삼인행필유아사(三人行必有我師)' 즉, 세 명이 길을 가면 그중에 반드시 나에게 스승이 될 사람이 있다' 라고 한다. 즉 어떠한 사람이라도 배울 것이 있다. 나는 책을 읽으며 늘 이런 마음으로 책을 대했다. 어떤 책이라도 나에게 깨달음을 줬다면 그 책은 좋은 책인 것이다. 그리고 그 깨달음을 나누고 싶어서 꾸준히 서평 블로거로 활동하고 있다.

조지 오웰은 〈나는 왜 쓰는가〉에서 '정치적 목적 즉 세상을 특정 방향으로 밀고 가려는, 어떤 사회를 지향하며 분투해야 하는지에 대한 남들의 생각을 바꾸려는 욕구'로 책을 쓴다고 했다. 아마 작가와 코치 그리고 강연가로 살아가려는 사람도 모두 비슷하지 않을까? 나는 사람들이 독서 했으면, 그리고 자신만의 책을 썼으면 그 과정에서 진정한 자신을 발견했으면 하는 바람으로 책을 쓰고, 강연하고 있다. 이런 사람을 메신저라고 한다.

당신은 어떤 메시지를 가졌는가? 사람들에게 어떤 가치를 전하고 싶은가? 그것을 가장 잘 전달하는 도구가 바로 책과 강연이다. 당신의 인생 2막은 메신저로 살아보면 어떨까? 책이 나온다고, 강연한다고 수많은 사람을 바꾸지는 못할 수도 있다. 하지만 몇 사람은 분명히 바뀔 것이다. 그 한 사람을 생각하며 오늘도 나는 책을 쓴다.

## 02 :

# 인생은 한 권의 좋은 책이다

지금 당신이 읽고 있는 책을 보면서 자주 본 책이 있다. 바로 〈10미터만 더 뛰어 봐!〉이다. 두 번째 책 초고를 반쯤 쓰다가 우연히 알게 된 책이다. 초고 쓰기는 시간 싸움이다. 1분이라도 아껴서 얼른 달려가야 한다. 하지만 나는 이 책을 놓을 수가 없었다.

'세상에 이런 인생도 있구나. 내가 겪은 아픔은 아무것도 아니구나.' 라는 생각이 들었다.

하루는 차를 타고 출근했다가, 어느 날은 리어카를 끌면서 출근하는 모습을 상상했을 때 눈물 없이는 읽을 수 없었다. 하지만 지금은 그 힘든 세월이 무색할 정도로 엄청난 성공을 이뤘고, 김영식 회장이 남긴 책과 강연을 보면서 다시 한번 일어설 힘을 얻는다.

이 책을 다 읽고 미루는 습관 한 가지만 청산해도 분명 인생에 빛이 들어오리라 확신합니다. 물론 생각을 즉시 행동으로 옮기면 실패할 확률도 상당히 높습니다. 그렇다고 생각만 거듭한다면 결국 세월만 죽이고 맙니다.

홈런 칠 생각을 하시나요? 일본 국가 대표 감독을 지낸 왕정치는 현역 시절 홈런왕이었습니다. 그의 기록을 눈여겨보십시오. 홈런왕인 그는 삼진 아웃의 기록 보유자이기도 합니다. 미국의 홈런왕 배리 본즈도 삼진 아웃에 관한 한 선두 자리를 빼앗기지 않은 사람입니다. 우리나라 장종훈 선수도 홈런왕이었지만 역시 최다 삼진 아웃의 주인공이었습니다. 베이브 루스도 마찬가지고요. 이처럼 홈런 많이 때리려면 삼진 아웃을 각오해야 합니다. 삼진 아웃이 두려워 방망이를 휘두르지 않으면 홈런을 칠 수 없고 안타도 칠 수 없습니다. 지금 방망이를 휘두르십시오. 그것이 성공의 가장 빠른 길입니다. 〈10미터만 더 뛰어봐〉

이 책을 읽으면서는 나는 느긋한 삶을 청산했다. 주위에서는 '갑자기 너무 급해졌다. 조금만 여유를 가져라' 라고 하지만 나는 멈출 수가 없다. 하고 싶은 일이 넘쳐나고, 해야 할 말이 넘쳐난다. 더 많은 책을 읽고, 더 많은 책을 쓰고 싶다. 모든 사람에게 메시지를 전하고, 만나지 못하는 사람들에게는 책과 다른 매체로 메시지를 전하고 싶다.

한 권의 책에는 한 사람의 인생이 녹아 있다. 그 사람의 성공과 실패를 통하여 내 삶을 돌아보게 된다. 성공한 사람을 따라 하면 나도 성공하게 되고, 실패한 사람의 행동을 경계하면 나의 실패 확률은 기하급수적으로 낮아진다.

30년 동안 10억을 투자하여 세계적인 부자들과 성공한 사람들을 연구했고, 그 결과 일반인도 쉽게 목표를 이룰 수 있는 최상의 성공 노하우, '꿈의 설계도' 를 만들어냈다.

이것은 평범한 사람들이 가장 쉽고 재미있게 꿈을 이루는 방법이자, 행운을 불러들이는 마법의 '보물지도' 이다. 〈보물지도〉

내가 자기계발서를 계속해서 읽는 이유가 정확히 그럴 것이다. 성공법칙을 배우고 싶고, 나도 성공하고 싶다. 그리고 주위 사람들에게 성공법칙을 알려 주고 싶다. 그런 책들 덕분에 나는 오늘도 성장한다. 어제보다 조금 더 성장한 내가 된다. 그러기 위해서는 성공한 사람들의 성공법칙을 배워야 한다. 그러기 위해서 나는 더 많은 책을 읽고 있다. 그리고 나중에 더 많은 책을 쓰고 싶다. 그러다 보면 나도 점점 성공한 사람들에게 가까워지지 않을까? 또 당신도 그렇게 되지 않을까?

당신의 인생도 책으로 써보면 어떨까? 사람들은 너무 자신을 과소평가한다. 하지만 그 이야기를 담담히 풀어냈을 때의 감동은 누구도 알 수 없다. 그리고 그 책으로 인해 누군가 용기를 얻는다면 어떤가? 개인적으로 나는 자살을 수없이 생각했다. 고등학생 그리고 대학생이 버티기에는 너무 힘든 일의 연속이었기 때문이었다. 하지만 그때도 책을 보면서 나는 나보다 훨씬 힘든 사람들을 보면서 힘을 냈다. '그들보다 내가 나으니까' 라는 마음보다는 '그들도 이겨냈는데 나라고 못 할 것이 있을까?' 라는 생각으로 이겨냈다. 그리고 지금도 나는 힘든 순간이 오면 책을 읽는다. 그리고 그 상황을 겪고 있는 사람과 하나가 된다. 그리고 나는 결국 이겨낸다. 당신의 책이 바로 그런 힘이 있다.

남들보다 불행이 더 많았다. 지독한 절망에서 기어 나오면서 혼자만의 힘으로 극복했다고 생각했지만, 길목마다 도와준 이들이 많았다는 사실을 뒤늦게 깨달았다. 신은 사람을 홀로 두는 법이 없으니까. 그래서 자신도 다른 사람들에게 눈곱만큼이라도 도움이 되고 싶었다. 더 이상 과거처럼 살기 싫었고, 고단한 삶을 사는 누군가에게 따뜻한 위로를 건네고 싶었다. 이 책이 탄생할 수 있었던 이유다. 〈계단을 닦는 CEO〉

앞서 말한 대로 눈물 없이는 보기 힘든 책이었다. 읽는 내내 한숨과 탄식이 나왔다. 하지만 이 책을 읽는 동안 마음에 큰 위로가 되는 것을 느꼈다. 왜냐하면, 한 사람의 인생이 그 책에 담겨있기 때문이다. 그 사람을 직접 만나기는 힘들다. 하지만 그 사람의 인생을 담고 있는 것이 바로 책이다. 그래서 나는 책을 읽으면서 그 작가를 온전히 만날 수 있다.

오프라 윈프리의 어린 시절을 아는가? 아홉 살이 되던 해부터 성폭행과 성적 학대를 당하고, 14살에 미혼모로 살아가지만, 그 아이마저 죽고 만다. 그 충격으로 가출과 마약 중독 등 어두운 시절을 보냈지만, 지금은 전혀 다른 삶을 살아가고 있다. 오프라 윈프리는 그 힘이 책에 있었다고 한다.

'책을 통해 세상에 나처럼 사는 사람이 또 있다는 것과 누구에게나 인생의 가능성이 있다는 것을 깨달았습니다'

당신의 책도 그런 힘이 있다. 세상에 사연 없는 사람이 어디 있을까? 하지만 그 이야기를 책으로 펴냈을 때 그 힘은 상상할 수도 없을 것이다. 유명해지지 않더라도 당신의 책으로 단 한 사람이라도 살아갈 용기를 낸다면, 이전과는 다른 방식으로 살아가기로 한다면, 그래서 그 인생이 이전과는 180도 달라진다면 어떤가? 나는 그런 경험을 자주 했고, 독서 하면서 그런 경우를 정말 많이 봤다.

당신의 인생은 한 권의 좋은 책이다. 다만 아직 세상에 나오지 않았을 뿐이다. 여기까지 이 책을 읽었다면 '왜 책을 써야 하는지' 그리고 '어떻게 책을 써야 하는지'에 대해 충분히 알았을 것이다. 오히려 책을 써가면서 그 이유가 더 명확해질지도 모른다. 나도 책을 쓰지 않았다면 '내가 감히 무슨 책을?' 그렇게 생각하며 평생을 살았을 것이다. 하지만 작가가 된 이후, 작가라는 시선을 갖게 된 후 내 삶은 완전히 달라졌다. 무의미한 경험이 없듯이, 무의미한 삶도 없다. 당신이 어떠한 삶을 살았든 그 삶 자체가 바로 좋은 책이 된다. 연필을 들자. 그리고 한 글자씩 천천히 적어보자. 하지 않으면 아무것도 시작되지 않는다. 그러나 시작하면 당신은 당신의 이름으로 된 책을 갖게 될 것이다.

03 :

## 이제 독자가 아닌 저자로 살아가라

사람의 삶을 바꾸는데 얼마나 읽었는지도 정말 중요하다. 하지만 무엇을 썼느냐 따라 삶이 얼마나 바뀔지는 예상도 못 할 정도다. 몇백 권, 몇천 권의 책을 읽더라도 읽기만 해서는 변화하기가 힘들다. 하지만 책으로 남긴다면 어떨까? 단지 한 권의 책이라도 그 힘은 어마어마할 것이다. 왜냐하면, 한 권의 책을 읽고 삶을 바꾼 사람도 많지만, 한 권의 책을 쓰고 인생을 바꾼 사람은 더 많기 때문이다.

앞서 비트코인과 관련된 책으로 성공한 빈현우 작가와 김미경, 김창옥 등 성공한 강사들의 공통점은 무엇일까? 바로 자신의 이름으로 된 책이 있다는 것이다. 초보 강사가 강연하기는 쉽지 않다. 하지만 책이 있다면 이야기가 달라진다. 책이 있다는 것은 이미 그 분야의 전문가라는 뜻이기 때문이다. 기업의 입장에서 본다면 당연히 아무나 강사로 추천할 수 없다. 그래서 담당자는 조금이라도 더 자세히 검토하여 강사를 추천할 수밖에 없다. 그런데 이때 그들이 가장 선호하는 방법이 바로 책이라고 한다. 당신이 아무리 강의를 잘한다고 해도, 책이 없다면 선택조차 받지 못할 수도 있는 것이다. 반드시 책을 써야 하지 않을까?

나에게 어느 날은 독서법과 책쓰기와 관련한 출강 기회가 왔다. 떨리는 마음으로 전화를 받았는데, 전화를 끊고 나자 마음이 쓰렸다. 담당자의 한마디 때문이다.

'아…. 강의 경험은 전혀 없으시군요? 일단 강의제안서를 보내주세요.'

기대로 떨리던 마음이 이제는 분노로 떨리고 있었다.

'나 독서법으로 책을 쓴 작가인데, 이 분야만큼은 전문가인데….'

내 책이 나의 모든 것을 대신해 줄 거라 믿었는데 담당자를 안심시키기는 힘들었던 것 같다. 다행히 강의제안서를 보시고는 흔쾌히 출강을 허락받았다. 생각해보니 책이 없었더라면 강의 경험도 없었던 내가 담당자를 설득할 수 있었을까? 애초에 책이 없었더라면 이런 기회조차 없지 않았을까?

당신도 이런 저자로 살아가고 싶지 않은가? 다른 분야는 몰라도 책으로 쓴 분야만큼은 전문가 대접을 받으면 살 수 있다.

수많은 예를 들어서 당신도 책을 쓸 수 있다고 이야기하는데도, '그래도 나는 할 수 없다' 라고 말하고 싶은가? 사이토 다카시의 말을 전하고 싶다.

'1장만 써라. 3달이면 책이 된다.'

서른 살에 빈털터리 대학원생이었지만, 메이지대 교수가 된 사이토 다카시의 말이다. 나는 이 말이 얼마나 위대한지 안다. 습관을 만들기가 얼마나 어려운지 아는가? 이는 1장의 글쓰기도 마찬가지다. '고작 1장쯤이야?' 라고 비웃었다면, 일단 한번 해보라고 말하고 싶다.

딩신도 별것 아니라고 생각하는가? 한번 해보라. 사람들은 자신을 능력을 과신하는 경향이 있다. 수많은 습관을 익힌 내가 장담한다. 절대 쉽지 않다. 하지만 일단 습관을 들이기만 한다면 여러분의 책쓰기 성공 확률은 기하급수적으로 올라간다.

강원국 작가가 〈대통령의 글쓰기〉를 처음 시작할 때 20일 동안 한 장도 쓰지 못했다고 한다. 하지만 꾸준히 자리를 지켰다. 그러다 어느 순간 쓸 것이 쏟아져 나왔다고 한다.

이때 명심해야 할 것이 있다. 바로 초고는 초고일 뿐이라는 사실이다. 수많은 베스트셀러도 초고는 별 볼 일 없었다. 하지만 고치면 고칠수록 그 초고는 옥고로 변한다. 그리고 책을 쓰면서 또 가져야 하는 마음이 있다. 바로 모두를 만족하게 할 책은 결코 없다는 것이다.

책쓰기의 대가들은 입을 모아 다음의 책쓰기 원칙을 주장한다.

1. 지금
2. 꾸준히

그렇다. 글을 잘 쓰고 싶거든 지금 당장 시작하는 것이 답이다. 내 책을 가지고 싶은 방법도 마찬가지다. 지금 당장 쓰면 된다. 한 줄 한 줄이 모여서 어느 날 분명 책으로 태어날 것이다.

독서 할 때도 상당한 에너지가 필요하다. 특히 작가가 되기 위한 독서를 한다면 더욱 그렇다. 어떤 날은 출근 직전까지 책을 읽고, 또 책을 쓰는데 출근이 불가능한 정도로 힘든 적도 있었다. 하지만 내 책이 생에 처음으로 책을 쓰고자 하는 사람들에게 마중물이 되었으면 하는 마음으로 꾸준하게 썼다. 내 주위 사람들이 이 책 하나로 책을 쓸 수 있도록 마음을 담아 책을 썼다.

책을 읽는 독자의 삶도 좋다. 하지만 책을 쓰는 저자의 삶과는 비교할 수 없다. 당신의 글은 어떤 경로를 거쳐서든 다른 사람에게 전해지고, 같은 상황에 있는 사람에게 조언을 줄 것이다. 그리고 글을 쓰면서 가장 크게 덕을 보는 사람은 작가 자신이다. 책을 쓰면서 나를 더 알게 되고, 책을 쓰면서 세상을 더 알게 된다. '천재와 바보도 종이 한 장 차이' 라고 하지만 독자와 저자 역시도 한 걸음 차이라고 생각한다.

책만 읽던 어느 직장인이 어느 날 갑자기 저자가 된 것처럼, 당신의 삶에도 이런 반전 어떤가? 나도 내가 작가가 될 줄 몰랐다. 휘갈겨 쓴 글 1장이 3달이 지나자 100장이 넘었다. 그 100장 덕분에 나는 작가가 되었다. 이제는 당신의 이야기가 되었으면 한다. 나에게도 그 소식을 알려준다면 나는 행복할 것이다.

'리더(Leader)가 되려면 리더(Reader)가 되어야 한다.'

하지만 나는 다음과 같이 말하고 싶다. '작가가 되려면 독자가 되어야 한다'. 도저히 쓸 것이 없다면 쓰고 싶은 분야의 책을 탐독하고 사색하자. 전문가가 책을 쓰는 것이 아니라 책을 쓰다 보면 전문가가 되는 것이다. 여러분은 어떤 분야라도 전문가가 될 수 있다. 단지 시작하지 않았을 뿐이다. 독서로 얻는 이득도 적지 않다. 하지만 작가가 되면서 얻는 이득과는 비교할 수 없다. 소비자에서 생산자가 되는 것이다. 직원에서 사업가가 되는 것이다. 관점이 다를 수밖에 없다. 관점이 달라지면 인생이 달라진다. 독자에서 저자로 갈아타면 인생이 달라진다. 꿈꾸던 일들이 실제로 벌어진다. 그 시작을 오늘 하면 어떨까? 당신도 할 수 있다.

## 04 :

# 내 이름으로 된 한 권의 책이 운명을 바꾼다

원래 내 계획은 첫 책을 내면 두 번째 책부터 더 쉽게 책을 내는 거였다. 초짜도 아니고 책도 한 번 내봤으니 다른 출판사에서 내 원고를 잘 접수해주겠거니 생각했다. 그러나 오산이었다. 첫 책으로 뜨지 않은 상황에서는 그런 메리트가 거의 없었다. 다만 나를 소개할 때 한 줄 더 쓸 수 있다는 장점은 있었다. 두 번째 종이책의 원고를 들고 출판사에 노크를 하러 다녔다. 물론 이메일로. 수많은 거절을 당했다. '어? 이상하네? 첫 책 내는 것도 아니고 책을 내본 경험이 있는 자의 원고를 이렇게 푸대접할 수 있나?' 의아했다. (중략…) 나는 두 번째 원고를 들고 하염없이 노크했다. 189번 만에 출판계약을 할 수 있었다. 첫 책 낼 때보다 더 많은 출판사의 문을 두드렸다. 더 쉽게 낼 줄 알았는데 더 어려웠다. 이건 내 계획에 없던 일이었다. 내 원고를 보고 접선했던 출판사가 몇몇 있었다. 괜찮다느니,

같이 작업을 해보고 싶다느니, 독특하다느니 말들이 많았지만 결국 출판계약을 맺지는 못했다. 〈내 인생의 첫 책쓰기, 김우태〉

읽으면서 왠지 나의 미래가 될 것 같다는 불안한 느낌이 들었다. 왜냐하면, 지금도 나는 내 첫 책이 7개월 만에 나온 이유가 믿어지지 않기 때문이다. 하지만 운 좋게도 첫 책이 출간되었고, 어느새 두 번째 책을 준비하고 있다. 사실 이 원고가 세상에 나오는 것보다 지금 내가 두 번째 책을 쓰고 있다는 사실이 더 중요하다. 말했지만, 책쓰기가 최고의 자기계발이기 때문이다. 한 권의 책을 읽음으로써 당신의 운명을 바꿀 수도 있다. 하지만 만약 당신이 한 권의 책을 쓴다면 어떨까? 당신의 운명을 바꿀 수 있는 책을 수십 권 혹은 수백 권이나 읽게 된다. 그럼 당연히 운명이 변하지 않을까?

많은 사람이 새로운 삶을 꿈꾼다. 지루한 일상에서 벗어나 자신이 꿈꾸던 삶을 살고 싶어 한다. 하지만 현실의 벽에 부딪혀 어느새 언제 그랬냐는 듯 어제와 똑같은 일상을 살아간다. 그만큼 변화는 어렵다. 익숙함을 벗어나기는 어렵다.

'당신이 반복적으로 하는 일, 그것이 바로 당신이다.
그러므로 탁월함은 행동이 아니라 습관이다.' 〈아리스토텔레스〉

아리스토텔레스의 말처럼 당신의 습관이 당신이 된다. 심지어 어떤 사람은 '나에게 당신의 습관을 알려주면, 내가 당신의 미래를 알려주겠다' 라는 의미심장한 말까지 남겼다. 그만큼 습관이 중요하다.

어제와 다른 오늘을 만들기 위해서는 오늘을 바꿔야 한다. 만약 당신이 지금 당신의 이름으로 된 책을 쓰기 위해, 이 책을 집어 들었는가? 책쓰기는 인생 최고의 기회 중 하나다. 수많은 책을 읽으면서 그 점을 더 피부로 느끼게 된다. 그래서 나는 당신이 어떤 분야에서 어떤 일을 하든지 한 권의 책을 꼭 쓰라고 강조하는 것이다. 그렇다면 중요한 것은 바로 '책을 언제 쓰면 좋을까?' 라는 문제만 남겨놓았다. 과연 책을 쓰기 가장 좋을 때는 언제일까? 나는 당연히 지금이라고 말하고 싶다.

우리나라에서 창업으로 성공하기는 쉽지 않다. '나도 장사나 해볼까?' 라며 쉽게 접근하지만, 수년 내에 문을 닫는 경우가 허다하다. 고비용의 광고로 겨우겨우 유지해보지만, 그마저도 쉽지 않다. 지금도 많은 사람이 은퇴 후 혹은 새로운 돌파구를 위해 창업을 한다. 하지만 치킨 한 마리에 고작 2천 원이 남고, 그렇다고 개인 브랜드로 창업을 하면 낮은 인지도 때문에 손님이 오지 않는다. 많은 사람이 창업을 쉽게 생각하지만, 조금만 장기적으로 생각한다면 쉽게 시작하지 못할 것이다. 하지만 이때 본인의 책이 있다면 어떨까? 누구나 그 사람을 알아본다면 어떨까?

『나는 한복 입고 홍대 간다』의 저자 황이슬 씨는 스무 살에 컴퓨터와 카메라 한 대로 한복집 사장이 되었다. 창업 5년 안에 70%가 망한다는 우려를 깨고 9년 동안 꾸준히 사업을 성장시켰다. 2014년에는 '한복을 청바지처럼' 이라는 콘셉트로 캐주얼 패션 한복 '리슬' 을 런칭했다. '마케팅' 이 절실했던 그때 그녀는 고비용의 '온라인, 신문, TV 광고' 대신 '책쓰기' 를 사업의 마케팅 수단으로 선택했다. 브랜드를 만들며 겪은 시행착오와 진솔한 이야기를 책에 담았다.?

놀랍게도 책이 출판된 이후 황이슬 대표의 사업은 월 500%가 넘는 무서운 성장을 보이고 있다. 언론에서 앞다퉈 그녀를 취재하기 시작하자 사람들은 그녀를 '한복 하는 누군가' 에서 '한복 전문가' 로 바라보기 시작했다. 사업의 규모와 깊이가 커져서 전 세계로부터 많은 외국인이 그녀의 한복을 찾고 있다. 직접 쓴 책 한 권이 얼마나 대단한지 알 수 있다. 〈된다 된다 책쓰기가 된다!〉

한 권의 책은 개인뿐만 아니라 한 회사의 운명도 바꿀 수 있다. 그 예는 다 이야기하기 힘들 정도로 많다. 그만큼 내 이름으로 된 한 권의 책의 힘은 막강하다. 물론 출간이 쉽지만은 않다. 하루에도 수많은 원고 투고가 있고, 수백 권의 신간이 쏟아지는 현 상황에서는 더욱 그럴 것이다. 그런데도 책 한 권의 힘은 그 모든 어려움을 이겨낼만 하다. 만약 당신이 운명을 송두리째 바꿀 수 있는 일이 있다면 어떻게든 그 일을 하지 않겠는가? 나는 책이 그 일을 할 수 있을 것이라 확신한다.

투고하다 보면 아마 거절 메일을 피할 수 없을 것이다. 그래도 투고하라. 세상에 있는 수많은 출판사 중 당신의 원고를 제대로 볼 출판사는 있을 것이다. 중요한 것은 거절에 익숙해지라는 말을 하고 싶다. 사실 나도 80여 군데의 출판사에 거절을 당했다. '출간 방향이 맞지 않습니다' 라는 말이 '이런 원고로는 안 됩니다' 라는 말로 보였다. 내 마음이 얼마나 무너졌는지는 설명이 불가능할 정도다. 하지만 나는 뻔뻔하게 투고했다. 심지어 이미 출판계약을 맺자는 곳이 있었음에도 마음이 무너졌다. 이때 기억했으면 한다. 당신의 원고를 거절한 것이지, 당신을 거절한 것은 아니다. 그리고 또다시 투고한다면, 반드시 기회는 다시 온다.

성공한 사람을 따라 하면 성공하게 됩니다. 〈브라이언 트레이시〉

어쩌면 너무 당연한 말이지만, 사람들은 자신에게 잘 적용하지 않는다. 말한 것처럼 평범한 사람이 책을 쓰면서 비범하게 된 예는 수도 없이 많다. 책의 힘을 알기 때문에 바쁜 시간을 쪼개어, 우선순위에 책쓰기를 두는 것이다.

나는 지금도 새벽에 책을 쓰고 있다. 아침에도, 점심에도, 심지어 퇴근을 조금이라도 일찍 하는 날에도 책을 쓴다. 첫 번째 책을 쓰면서 수많은 강연의 기회가 찾아왔다. '책을 쓰게 된 인생 스토리'를 궁금해하는 독자분들이 많다. 책 한 권만으로도 나의 존재감이 달라진 것이다.

평생 하고 싶었던 강연을 책 한 권으로 시작할 수 있었다. 내 이름으로 된 책 한 권이 나의 운명을 바꾼 것이다. 그래서 나는 평생 책을 쓰고 싶다. 나와 그리고 남의 인생을 바꾸는 일을 하고 싶다. 이번에는 그 주인공이 당신이었으면 좋겠다. 지금 시작하라!

05 :

# 스펙 인생이 아닌 스토리 인생을 살아라

역사상 가장 유명한 전투 중 하나를 소개하고 싶다. 거인과 양치기 소년의 싸움이다. 흔히 '다윗과 골리앗의 싸움' 이라고 한다. 결과는 당신이 아는 것처럼 양치기 소년이었던 다윗이 승리했다. 언뜻 보면 불가능해 보인다. 하지만 말콤 글래드웰의 〈다윗과 골리앗〉을 보면 다윗의 승리가 너무 당연하다는 생각을 하게 된다.

다윗은 투석병이었고, 투석병은 손쉽게 보병을 쓰러뜨렸다. 역사학자 로버트 도렌웬드(Robert Dohrenwend)는 "다윗과 맞선 골리앗이 가진 승산은 칼로 무장한 청동기시대의 전사가 45구경 자동 권총을 가진 적과 맞섰을 때와 마찬가지다"라고 쓰고 있다. 〈디윗과 골리앗〉

칼을 가지고 있는 강도와 총을 가진 경찰이 싸우면 누가 이길까? 당연히 총을 가진 경찰이 이기지 않을까? 하지만 다윗과 골리앗의 이야기만 나오면 '다윗이 얼마나 운이 좋았는지, 다윗이 얼마나 대단한지' 이야기하기 바쁘다. 하지만 다윗은 전략적으로 물맷돌을 사용했다. 심지어 사자와 곰을 잡은 적이 있을 정도다. 당연히 쉽게 골리앗을 제압하고 그 전투에서 승리한다. 역사 기록을 보면 이것은 당연한 결과라고 한다.

이 책을 보면서 나는 내가 가진 고정관념에 대한 생각을 많이 할 수 있었다. 그리고 우리 사회가 가진 고정관념에 대해 많은 생각을 했다. 아직도 많은 사람이 오직 스펙을 위해 살아간다. 그리고 그 스펙은 너무 똑같아서 차별점이 없다고 한다. 인사담당자가 똑같은 이력서를 보고 고통받고 있을 때 특별한 스토리가 있는 사람은 만나면 어떨까?

교회 청년들과 함께 〈죽기엔 너무 젊고 살기엔 너무 가난하다〉의 김남순 소장님의 이야기를 들어볼 기회가 있었다. 어느 날 아들에게 다음과 같이 말했다고 한다.

'남들과 똑같은 스펙 쌓지 말고, 외국에서 진짜 경험을 쌓고 와라.'

그리고 1년 동안 스펙이 아닌 경험 즉 스토리를 쌓은 아들은 국내 중견기업에 입사했다고 한다. 도서관에 틀어박혀서 공부하기보다는 오히려 많은 경험을 쌓았기 때문에 가능한 결과가 아니었을까?

〈딱 100일만 미쳐라〉의 하석태 작가도 동일한 말을 한다.

'아르바이트 50개만 해도 세상을 다 알 수 있다. 다양한 경험을 쌓는 것이 여러분의 '스펙' 을 쌓는 길이다. 풍부한 경험이야말로 진정한 스펙이다'

당신은 뻔한 스펙을 쌓고 있는가? 혹은 살아 움직이는 당신만의 스토리를 쌓고 있는가?

아마 스펙으로 따진다면 나의 삶은 흔한 말로 '이생망' ('이번 생애는 망했다' 라는 뜻의 신조어)일 것이다. 평생 경력에는 큰 도움이 안 되는 아르바이트만 했다. 그것도 가장 진입장벽이 낮다는 배달 아르바이트를 주로 했다. 고등학교는 무사히 졸업했지만, 대학교 등록금이 없어서 강제 재수를 했다. 다음 해 기적적으로 대학교에 들어갔지만, 곧 휴학해야만 했다. 학기 중에도 아르바이트를 쉬지 않았지만, 대학교 등록금과 생활비를 감당하기에는 부족해도 한참 부족했다.

결국, 대학교에서도 퇴학당하고 그대로 군대에 간다면 자살할 것만 같아서 군대도 연기했다. 무려 27살까지 말이다. 그리고 합법적으로 할 수 있는 모든 수단을 다 쓴 뒤 입대했다.

만약 당신이 알고 있는 한 청년이 만약에 27살의 나이에 고졸, 무직, 무스펙, 군대 미필이라면 무엇이라 조언할 수 있을까? 심지어 33살의 나이에도 무스펙이라면 어떤 조언을 해줄 수 있을까?

다시 생각해도 막막한 그때 나는 책을 읽기 시작했다. 그리고 스펙이라고는 눈곱만큼도 없던 사람들의 성공을 목격하게 된다. 나의 상황도 숨 막히게 답답하지만, 그보다 더한 사람들의 성공을 지켜보면서 나는 '스펙이 없어도 성공할 수 있다' 는 충격적인 사실을 깨닫게 된다. 그리고 그 길을 묵묵히 걸어가고 있다.

말했듯이 스펙의 측면에서 본다면 나는 절대 다른 사람들 앞에서 강연할 수 없다. 아무 자격이 없기 때문이다. 나보다 잘난 사람이 얼마나 많은데 어떻게 감히 무엇인가 가르칠 수 있을까? 같은 이유로 나는 책도 쓸 수 없었을 것이다. 대학교도 온전히 나오지 못한 내가 무슨 책을 쓸 수 있을까? 하지만 나에게는 스토리가 있었다. 다양한 경험을 통해 나만의 스토리를 쌓아갔다. 모든 순간 배우려고 했고,

뻔한 스펙을 쌓지 않았다. 그 간절함 덕분일까? 7개월 만에 책이 나왔고, 나는 작가와 강연가로서의 새로운 삶을 살고 있다.

평범한 직장인이었던 내가, 스펙으로는 보잘것없었던 내가, 사람들의 부러움을 샀다. 심지어 거의 억대 연봉의 한 회사원은 다음과 같은 말을 하기도 했다.

'와…. 정말 부럽습니다. 나도 내 책 하나 내보고 싶습니다. 황작가님.'

당신의 오늘은 어떤가? 혹시 실패했는가? 삶에 순간순간 마음이 무너지는 순간이 있다. 후회로 몸서리치는 날도 있다. 하지만 장기적으로 보면 그건 실패가 아닐 수도 있다. 그저 한 과정일 뿐이다. 오히려 아무것도 도전하지 않고, 어제와 똑같은 오늘을 살아가는 것이 실패가 아닐까? 현상 유지를 한다고 하지만, 점점 뒤처질 뿐이다. 그리고 후회한다고 달라지는 것은 아무것도 없다. 오늘 행동하지 않으면, 아무 일도 일어나지 않는다.

나도 한때는 '남들처럼 스펙을 쌓아야 하나?' 라는 생각이 들어서 수많은 학원에 다니기도 했고 날마다 조금 더 나아진 내가 되기 위해 노력했다. 하지만 그럴수록 오히려 더 뻔한 인생이 되어갔다. '인생은 일생' 이라는데 남들과는 다른 인생을 살고 싶었다. 당신은 어떤가? 기성복처럼 똑같은 삶을 살고 싶은가? 아니면 당신만의 스토리로 살고 싶은가? 답은 오늘 당신이 하는 생각과 행동에 달려있다.

당신은 오늘 가슴 뛰는 하루하루를 살고 있는가? 내일이 기다려지는가? 나는 내일은 어떤 일이 벌어질지 즐거운 상상으로 하루를 마무리하고 또 새로운 하루를 맞는다. 나는 하루하루를 그렇게 보내고 있다. 아마 스펙으로만 내 인생을 바꾸려고 했다면 나는 아마 지쳐서 쓰러졌을 것이다. 하지만 나는 책이라는 스토리로 내 인생을 새롭게 다시 쓰고 있다. 당신은 이제껏 스펙 인생을 살았는가? 하지만 스펙이 쌓여갈수록 경쟁은 더 치열해진다.

혹시 이 길의 끝은 어디인지 고민했던 적이 없는가? 오늘보다 더 나은 내일을 기다렸는가? 아무것도 아니라도 생각했던 내 삶의 스토리가 다른 사람들에게 희망과 용기를 주는 인생은 어떤가? 생각만 해도 멋지지 않은가? 그런 인생을 여러분도 살아갈 수 있다. 바로 책을 쓰게 되면 말이다. 스펙 인생이 아닌 스토리 인생을 살아라! 숨이 차서 힘든 것이 아니라, 벅차올라서 눈물 날 것 같은 스토리 인생을 살아라. 아니 함께 살자.

# 06 :

## 꿈이 있다면 당신은 이미 작가다

'과연 내가 시나리오를 써서 먹고살 수 있을까?'

그런 고민으로 살아오다가, 도저히 버티지 못해 포기 직전까지 갔던 사람이 있다. 바로 정서경 시나리오 작가다. 영화 〈친절한 금자씨〉, 〈박쥐〉, 〈아가씨〉, 〈독전〉 그리고 드라마 〈마더〉처럼 모든 사람이 알만한 작품을 썼지만, 그녀는 자신이 '바닥뿐만 아니라 심지어 지하까지 갔노라' 고 표현할 정도로 힘들었다고 말한다. 심지어 가난하게 살 각오까지 했지만, 마찬가지였다고 한다. 심지어 다음과 같은 말도 들었다고 한다.

너의 시나리오는 영화가 될 수 없는 시나리오야!

아마 당신이 책이 쓴다고 하면 들을 말 일지도 모른다. 나처럼 말이다. 하지만 결국 그 꿈을 이뤄낸 정서경 작가처럼 당신도 꿈이 있다면 결국 이뤄낼 것이다. 바로 나처럼 말이다. 아니 수많은 작가처럼 말이다.

책을 쓴다고 말했을 때 비웃음을 정말 많이 들었다. 하긴 나조차도 '책을 쓸 수 있을까?' 라고 의심되는 순간이 있었기 때문에 그 비웃음을 이해하지 못한 것은 아니었다. 사람들은 자신과 다른 길을 걷는 사람을 이상하게 쳐다본다. 왜냐하면, 자신은 모르는 길이기 때문이다. 사람들은 고정관념으로 세상을 살아간다. '왜' 인지는 잘 모른다. 왠지 그래야 할 것 같다는 막연함으로 살아간다.

당신도 아무 이유 없이 멈춰 있지 않은가? 도전하기만 하면 될 텐데, 주위 사람들의 만류에 주저하고 있지 않은가? 나는 천 권이 넘는 책을 읽으면서 다음과 같은 한 줄의 문장을 찾아냈다.

'내가 할 수 있다는 것은 여러분도 할 수 있다는 것입니다.'

그래서 나는 작가와 강연가가 되었다. 사람들이 나를 통해서 독서한다면, 또 나를 통해서 책을 쓴다면, 그렇게 주위 사람들에게 또 독서와 책쓰기를 알려주면서 진정한 자아실현을 통해 행복했으면 한다.

나는 독서 전문가는 아니지만, 독서에 대해 이야기를 하고, 또 글쓰기 강사는 아니지만 어떻게 하면 베스트셀러 작가가 될 수 있는지를 이야기하고 있다. 앞서 책은 성공을 꿈꾸는 사람이 쓰는 시대라고 말했다. 생각은 많지만 그걸 말이나 글로 표현하는 데는 영 젬병이던 내가 이렇게 강의도 하고 글도 쓰는 강사이자 작가가 되었는데, 설마 당신이 못할까. '아무나' 할 수 있다는 뜻이 아니라 '누구나' 할 수 있다는 말이다. 〈책쓰기가 이렇게 쉬울 줄이야〉

그렇다. 지금 이 책을 읽는 당신도 할 수 있다. 시작만 하면 된다. 그리고 꾸준히 날마다 반복하기만 하면 된다. 그리고 책은 전문가가 쓰는 것이 아니라, 일반인이 쓰는 경우가 많다. 그 분야에 전혀 관련이 없는 사람도, 오히려 그 책을 쓰면서 전문가라는 타이틀을 얻게 되는 것이다.

어쩌면 나도 양원근 대표과 비슷한 상황이라고 생각한다. 독서 전문가가 아니었지만, 〈하루 1시간 독서습관〉을 통해 독서 전문가가 되어서 강연을 하고 있고, 두 번째 책을 쓰면서 책쓰기에 대해서 점점 더 알아가고 있다. 책도 나오지 않았지만, 첫 책이 나왔기 때문에 책쓰기 관련된 강의도 하고 있다. 당연히 책이 나오는 순간 책쓰기 전문가가 될 것은 자명하다. 왜냐하면, 독서하면서 그 분야를 더 철저히 알게 될 것이기 때문이다. 즉 당신도 마찬가지다. 책을 쓰는데 이전까지의 이력보다는 이제 어떤 삶을 살고 싶은지가 더 중요하다. 당신의 꿈은 무엇인가?

책을 쓰면서 피겨 퀸 김연아의 영상을 봤다. 항상 웃는 얼굴로 무대를 장악하는 그녀지만, 이번 영상에서는 울상이었다. 어머니의 말을 들어보니 발이 아파서 그렇다고 한다. 의사의 말에 의하면 허리도 일반인보다 휘어 있다고 한다. 그 고통 때문일까? 모녀는 매일 서로 '못하겠다' 라는 말만 반복했다고 한다. 그런 시간을 4년이나 보낸 후 김연아는 올림픽에서 금메달을 딴다. 그 무대를 마치며, 또 메달을 수여할 때도 그녀는 울고 있다. 얼마나 힘들었을까? 그 시간을 견뎌냈기 때문에, 그녀는 지금 누구보다 환하게 웃고 있는 게 아닐까?

많은 사람이 꿈을 포기하고 살아간다. 99%가 넘는 사람들이 평범한 삶을 살아간다. 자신의 고정관념에 갇혀서 어제와 같은 오늘을 살아간다. '지겹다' 라고 외치면서도 자신의 삶에 아무런 변화도 주지 않는다. 자신의 꿈을 포기하며 살아간다. 그냥 걸어가면 되는데 말이다.

다시 한번 묻고 싶다. 당신의 꿈은 무엇인가? 지금 그 모습으로 살지 못해도, 미래에는 그 모습으로 살고 싶다면, 오늘부터 변해야 한다. 김연아 선수가 4년을 버틴 것처럼 당신도 인내의 시간이 필요하다. 그리고 그 시간이 지나면 분명히 달라질 것이다. 최소한 그 꿈에 가까워질 것이다.

7개월 만에 작가가 된 후 깨달았다. '작가가 되는 것은 그렇게 어렵지 않다'라는 것을 말이다. 글을 잘 쓴다는 이유가 아니라 세상이 당신의 이야기를 기다리고 있기 때문이다.

〈인생극장〉이라는 장수프로그램이 있다. 재미있는 것은 유명한 사람들이 나오지 않는다. 일반인들의 삶이 나온다. 하지만 수많은 사람이 공감하며 눈물 흘린다. 그들의 삶이 특별해서가 아니라 너무 평범하기 때문이다. 그 평범한 이야기에 우리는 공감한다. 오히려 평범하기에 더욱 공감하는 게 아닐까? 작가가 되겠다는 꿈을 가져라. 책 쓰는 스킬보다는 그저 당신의 스토리를 적어라. 그리고 책이 되기에 부족한 인생은 세상 어디에도 없다.

백만 부가 넘게 팔린 〈언어의 온도〉도 출판사의 퇴짜를 받았다. 한강의 〈채식주의자〉도 나온 지 10년 뒤에야 유명해졌다. 심지어 〈바보들의 결탁〉은 퓰리처상을 받았는데, 거듭된 출판사의 퇴짜에 존 케네디 툴은 자살하고 난 후에 나온 유작이다. 출판사의 퇴짜와 무관하게 앞으로 당신이 쓸 이야기는 특별하다.

오늘부터 쓰기 시작한다면 분명히 그 끝은 책이 될 것이다. 작가가 되고 싶다는 꿈을 놓지 않는다면 분명히 작가가 될 것이다. 나도 책이 나오기 전부터 작가라는 소리를 들었고, 실제로 작가라고 소개했다. 그렇게 꿈은 현실이 되었다. 당신의 삶에도 이와 같은 일이 있었으면 좋겠다. Dreams come true. 단어 그대로 꿈이 현실이 되는 순간 말이다.

07 :

## 책쓰기는 성공으로 가는 스마트컷이다

지금까지 성공을 위해서는 일정한 시간을 온전히 바쳐야 한다는 것이 정석이었다. 그런데 이 법칙이 흔들리고 있다면 어떻게 해야 할까?

1963년 정유공장으로 사업을 시작한 존 D.록펠러가 재계의 정상에 오르기까지는 무려 46년이라는 시간이 걸렸다. 그리고 1980년대 컴퓨터 업계의 거물 마이클 델이 억만장자가 되기까지 14년, 빌 게이츠는 12년이 걸렸다. 1990년대 야후의 제리 양과 데이비드 필로는 불과 4년 만에 각각 10억 달러를 벌어들였다. 그리고 2000년대, 이베이의 창업자 피에르 오미다이어는 딱 3년이 걸렸다. 〈스마트컷〉

'스마트컷' 이라는 말은 지름길을 의미하는 '쇼트컷' 에 현명함과

정직성을 함의한 개념이다. 바로 불필요한 반복을 없애고 성공을 향한 경로를 단축해주는 해커 같은 사고방식이다.

많은 사람이 평범하게 살아가려고 한다. 평범한 사고방식으로 살아가는 것이다. 하지만 그렇게 살아가면서도 사람들은 늘 부족함을 느낀다.

'이게 아닌데, 다른 길을 가고 싶은데'

하지만 방법을 모르기 때문에 현상 유지만 하려고 한다. 그래서 나는 당신의 이름으로 된 책을 가지라고 다시 한번 외치고 싶다.

나는 직장에 다니면서도 단 7개월 만에 책 한 권을 출간했다. 그것도 모자라 지금 두 번째 책을 집필 중이다. 아마 첫 번째 책보다 더 빠르게 출간되지 않을까 생각하고 있다. 그렇다고 내가 글쓰기에 재능이 있었을까? 절대 아니다. 오히려 날마다 한계에 부딪혔다. '내가 과연 이 책을 끝낼 수는 있을지, 내가 지금 뭐 하고 있는 거지?'라는 생각을 하며 몇 번이나 포기할 뻔했다.

하지만 나는 다른 길을 가고 싶었다. 바로 '스마트 컷' 말이다. 내가 원하는 시간적 · 경제적인 자유를 얻는 길은 책쓰기였다. 그래서 나는 어떻게든 책을 썼다. 새벽, 점심시간, 쉬는 시간, 심지어 밤을 새우면서 책을 썼다. 첫 책을 낸 후 나에게는 여러 기회가 찾아왔다. 내가 꿈꾸던 강연가의 삶을 살 수 있는 길들이 열리기 시작했다. 책 쓰기는 성공으로 가는 스마트 컷이 확실했다. 바로 내가 원하던 삶을 향해 천천히 가고 있기 때문이다.

스마트 컷이라고 말했지만 그래도 당신이 꼭 기억해야 할 것은 인내하는 시간이 필요하다는 것이다. 다시 한번 김연아 선수의 이야기를 나누고 싶다.

김연아는 피겨스케이팅의 세계신기록을 11번이나 경신한 유명한 인물이다. 사람들은 김연아를 천재라고 말하며 그녀의 화려한 연기만을 생각하지만, 사실 그 과정이 순탄하지만은 않았다.

당시 김연아는 디스크 판정을 받는 등 허리 통증이 심했고, 설상가상으로 스케이트화는 매번 한 달 만에 무너져 내리면서 망가지는데, 도저히 꼭 맞는 스케이트화를 찾을 수가 없었다. 여기에 스케이트화 때문에 발 통증이 더해지고 원하는 점프가 나오지 않아 심리적으로 어려움을 겪었던 김연아와 어머니 박 씨의 감정싸움도 심해졌다고 한다. [이은경의 삼위일체] 피겨③ 꼭 10년 전, 김연아라는 전설의 시작그뿐만 아니라 경제적인 어려움과 훈련 여건의 열악함까지 있었다고 한다. 얼마나 힘들었으면 은퇴를 통보했을까? 하지만 대한빙상연맹에서 김연아를 설득했고, 지원을 약속했다고 한다. 아마 이 문제가 해결되지 않았다면, 오늘날의 김연아가 있었을까? 그리고 김연아가 7살 때부터 수도 없이 엉덩방아를 찧으며 보낸 외로운 시간이 없었다면 오늘날의 김연아가 있었을까?

사람들은 흔히 '천재' 라는 말을 한다. 아마 그 속에 있는 노력을 보지 못했기 때문일 것이다.

미국 프로농구 선수 레이 앨런이라는 선수를 아는가? 열 번이나 NBA 올스타 선발, NBA 역사상 3점 슛을 가장 많이 성공시켰다고 한다. 사람들이 그에게 '선천적인 재능' 을 타고났다고 말하면, 서운함을 내비치면 다음과 같이 말했다고 한다.

"내가 점프슛을 잘하는 것이 신의 축복 덕분이라는 소리를 들으면 정말 화가 납니다. 그런 사람을 보면 난 이렇게 말하지요. '내가 매일 들인 노력을 과소평가하지 마세요' 며칠이 아니라 매일입니다." 〈1만 시간의 재발견〉

실제로 고등학교 때 레이 앨런은 특별하지 않았다고 한다. 하지만 그는 누구보다 많은 연습을 했다. 또 최선을 다했다. 당신도 새로운 길을 성공적으로 걷고 싶다면, 재능보다 이 노력이 더 중요할 것이다.

사람들은 내가 평발의 한계를 어떻게 극복했는지 궁금해한다. 그러나 나는 내가 평발인지도, 평발이 운동에 불리한지조차 알지 못했다. 발이 간간히 아파 왔지만, 운동을 많이 하면 누구나 그런 거라고 당연히 여겼다. 늘 하듯이 그냥 열심히 했을 뿐이다. 〈박지성, 대한민국 최초의 프리미어리거〉

'두 개의 심장' 이라는 별명으로도 유명한 박지성의 선수의 말이다. 그저 열심히 했다는 말이 모든 성공법칙 중의 핵심이 아닐까 싶다. 하지만 〈1만 시간의 재발견〉의 나오는 말처럼 제대로 된 방법이 필요하다. 한 분야에 통달하기 위해서는 그 분야를 철저히 조사해야 한다. 그 최고의 방법이 독서이고 또한 책쓰기다.

많은 사람이 성공을 꿈꾼다. 그 성공을 위해서는 그 분야의 전문가가 되어야 한다. 전문가가 되기 위한 스마트 컷이 바로 책쓰기임을 확신한다. 매일 쉬지 않고 노력하는 사람이 어떻게 전문가가 되지 않을 수 있을까? 〈생활의 달인〉에 나오는 달인들처럼 자연스럽게 전문가가 될 것이 확실하다.

성공한 사람도 더 성공하기 위해서 책을 쓴다. 책이 가장 강력한 무기임을 알기 때문이다. 어떠한 삶을 꿈꾸든 당신의 책이 당신에게 날개를 달아줄 것이다. 그 예를 찾자면 한이 없을 정도로 책의 위력은 대단하다. 물론 기존의 삶을 많이 정리해야 할 것이다. 하지만 아무것도 하지 않으면서 미래가 바뀌기를 기대해선 안 된다. 그런 일은 잘 없다. 차라리 자신을 바꾸기가 훨씬 쉽고 확실하다. 그러면 당신을 둘러싼 온 세상이 변할 것이다. 왜냐하면, 세상을 바라보는 당신의 시선이 변했기 때문이다.

직장인이 책을 쓰려면 자신의 시간을 철저하게 관리할 수밖에 없다. 하루하루가 괴로울지도 모른다. 하지만 그 괴로움은 책이 나왔을 때의 기쁨과는 비교할 수 없을 정도다. 당신의 이야기는 가치 있다. 당신의 책은 가치 있다. 다른 사람들에게 전해 줄 가치가 있다. 그 가치를 전하는 것이 바로 성공하는 가는 길이다. 당신의 삶은 세상 그 무엇보다 가치 있다. 그 가치가 전해질 때 얼마나 행복한지 아는가? 그 행복 자체가 진정한 성공이다.

## 08 :

# 세상은 당신의 스토리를 기다리고 있다

한 달에 두 번 한라도서관에서 '글수다' 모임을 하고 있다. 다양한 삶의 이야기를 듣는데 가끔은 나만 듣기 너무 아까울 때가 있다. 그래서 그럴 때마다 나는 다음과 같은 말을 곁들인다.

'선생님, 지금 하신 이야기 잘 메모해두세요. 그냥 해도 너무 좋지만, 조금만 더 다듬으면 많은 사람이 공감할 것 같아요. 꼭 인간극장 보는 것 같았어요. 어머니가 너무 많이 생각나서 눈물이 나올 뻔했습니다.'

우여곡절 가득한 이야기들을 듣다 보면 가슴이 짠해진다. 수많은 사람이 비슷한 삶을 살고 있는데 누군가도 나와 같은 아픔을 겪고 있다면, 하늘 아래에 나 같은 사람이 또 있다는 것이 얼마나 큰 위로가 될까? 심지어 그 사람이 나의 아픔을 공감해주면 얼마나 위로가 될까?

삶을 포기하려던 오프라 윈프리를 되돌린 것은 그녀와 비슷한 삶을 살았던 사람들의 이야기 때문이었다. 오프라 윈프리를 살린 것처럼, 당신의 이야기도 다른 사람을 구할 수 있다. 나와 비슷한 아픔을 겪은 사람이 세상에 있다는 것만으로도 큰 위로가 되지 않을까? 그래서 세상은 당신의 스토리를 기다리고 있는 것이다. 아니 당신의 이야기는 꼭 세상에 나와야 한다.

책을 써보라고 꼭 듣는 말이 있다.

'저도 책을 쓰고 싶은데, 글을 잘 못 써서요.'

물론 글을 잘 쓰면 나쁠 것은 없지만, 먼저 글쓰기와 책쓰기는 다르다고 말하고 싶다. 유시민 작가의 이야기를 들어보자.

어떤 친구는 이렇게 말한다. "좋겠다 너는, 글재주가 있어서!"

타고난 재능이 있어서 내가 글을 잘 쓴다는 것이다. 칼럼니스트로 활동하던 시절에도 그랬고, 정치를 떠나 문필을 업으로 돌아온 후에도 같은 말을 듣는다. 그럴 때는 나도 모르게 '울컥' 한다. 은근히 화가 난다. 이 말이 목젖까지 올라온다. '그런 거 아니거든! 나도 열심히 했거든!'

정확하게 말하자. 글쓰기는 재주가 아니다. 사람이 가진 여러 능력 또는 기능 가운데 하나다. 사람이 다 같지는 않기 때문에 노력한다고 해서 다 잘 쓸 수 있는 건 아니다. 하지만 모든 일이 그런 것처럼, 재주 또는 소질은 글 쓰는 능력을 좌우하는 여러 요소 가운데 하나에 지나지 않는다. 타고난 소질이 있어도 갈고닦지 않으면 꽃피우지 못한다. 리오넬 메시의 축구 실력이 오로지 타고난 재능 덕분만은 아니지 않은가. 〈유시민의 글쓰기 특강〉

앞서 나온 레이 앨런 선수처럼 유시민 작가도 '노력을 무시하지 마라' 라고 한다. 심지어 화까지 난다고 하지 않는가?

또 다른 작가들은 어떻게 말할까?

"때로는 서툰 문체도 시간이 지나면서 나아진다. 많이 쓸수록 잘 쓰게 되는 것은 명백한 진리다. 매일 네 시간에서 여섯 시간씩 책상 앞에 앉아 혼신의 힘으로 글을 쓴다면 글솜씨가 나아지지 않을 리가 없다. 〈위대한 작가는 어떻게 쓰는가, 윌리엄 케인〉

뭐든지 처음이 가장 어렵다. 하지만 시간이 지나면 누구나 어느 정도까지는 할 수 있다. 나는 책쓰기도 마찬가지라고 생각한다. 주위의 사람들은 나에게 '처음부터 글을 잘 썼냐?' 라고 물어보지만 내 대답은 '절대 그렇지 않다' 이다. 사실 '잘 썼다' 라는 말 자체가 부끄러울 정도다. 나의 삶을 녹여냈지만, 분명히 부족한 점이 있을 것이고, 평생 책을 써도 부족함이 있을 것이다.

하지만 나는 오직 한 사람을 생각하며 책을 쓴다. 바로 책을 쓰고 싶어서 이 책을 집어 든 당신이다. 당신이 책을 쓰는 데 조금이라도 도움이 됐다면 나는 그것으로 족하다. 책 쓸 생각이 하나도 없었는데, 불현듯 '이 정도면 나도 책을 쓸 수 있겠는데?' 라는 마음이 들었다면 나는 충분히 행복할 것이다.

2019년 4월 저자 강연을 준비하면서 참여 인원이 점점 늘어날 때마다 불안했다. 강연을 준비하면서 수많은 책을 읽었는데, 실패담들이 나를 더욱 주눅 들게 했다. 두 · 세 사람 앞에서도 머리가 하얗게 되는데, 중 · 고등학생들 앞에서도 머리가 하얗게되는데, 과연 수많은 성인들을 상대로 1시간 강연을 잘할 수 있을까?

너무 불안한 마음에 강연 클래스를 찾아다녔다. 하나라도 배우고 싶었다. 강연 스킬을 배우고 싶었고, 전문가가 되고 싶었다. 제주도에서 하는 모든 강연과 심지어 육지도 찾아다녔다. 멘토에게 강사 과정 추천을 부탁드리고, 심지어 3개월 과정을 등록하기 직전이었다.

'스킬을 배우려고 하지 말고, 스토리를 전하는 사람이 되세요'

그 말을 듣고 대본을 다시 썼다. '그저 내 스토리를 전하면 되는구나. 중요한 건 진심이구나!' 를 깨달은 순간이었다.

나도 괴로운 일 많았지만 살아 있어 좋았어 너도 약해지지 마 〈약해지지 마〉

98살에 장례비로 모아둔 100만 엔을 투자하여 첫 시집을 냈다. 그 결과 150만 부 판매라는 쾌거를 이뤘다. 시바타 도요의 시를 보면 시를 잘 써서 베스트셀러가 된 것이 아니다. 그저 자신의 삶을 긍정적인 마음과 순수한 마음으로 노래했기 때문에 많은 사람의 마음을 울린 것이다. 즉 그녀의 스토리가 사람들의 마음을 움직인 것이다. 그리고 이런 스토리는 당신에게도 분명 있다. 없을 리가 없다.

세상은 당신의 스토리를 기다리고 있다. 누군가는 그 스토리로 내일을 살아갈 힘을 얻을지도 모른다. 어떤 책이, 그 책의 구절이 오프라 윈프리를 살린 것처럼, 당신의 책이 그럴지도 모른다. 무엇보다 책을 쓰면서 가장 힘을 얻게 되는 것은 자기 자신이다. 책을 쓰면서 '내가 이렇게 살아왔구나. 그래도 열심히 살아왔구나'를 깨닫게 된다. 나의 힘든 이야기를 통해 나와 비슷한 상황에 있던 사람들이 힘을 냈으면 한다. '안돼'라고 생각했던 마음이 '할 수도 있겠다'로 바뀌었으면 한다.

나의 부족한 책이 당신의 마음을 움직였으면 좋겠다. 당신의 스토리가 담긴 책이 서점에 꽂혔으면 좋겠다. 그 이후의 삶은 지금과 많이 달라질지도 모른다. 그때 나를 기억해줬으면 좋겠다. 그리고 당신도 이렇게 말할 수 있었으면 좋겠다.

'내가 할 수 있다는 것은 여러분도 할 수 있다는 것입니다.'

오늘부터 쓰기 시작한다면
분명히 끝이 책이 될 것이다.
작가가 되고 싶다는 꿈을 놓지 않는다면
분명히 작가가 될 것이다.
그렇게 꿈은 현실이 된다.

# "저도 작가가 될 수 있을까요?"

당연히 될 수 있다고 수십 번을 말해도 모두 고개를 절레절레 흔들기만 합니다. '저에게 무엇인가 특별한 능력이 있지 않냐?' 라며 되레 되묻곤 하죠. 그러면 저는 다음과 같이 대답합니다.

'하루 1시간씩 그냥 썼어요'. 그리고 만약 하나를 더 묻는다면 '꾸준한 독서습관' 이라고 말하고 싶습니다.

독서와 책쓰기는 떼려야 뗄 수 없는 관계입니다. 어떠한 분야든지 수십 권에서 수백 권의 책을 읽고, 그 분야의 책을 못 쓸 사람이 없다고 장담할 수 있습니다. 바로 인풋이 아웃풋을 결정하기 때문입니다.

제가 독서 전문가이기 때문에 〈하루 1시간 독서습관〉을 출간된 것이 아닙니다. 100권의 책을 읽으며, 그리고 책을 쓰면서 독서 전문가가 되었습니다. 지금 여러분이 읽고 있는 책도 마찬가지입니다. 제가 책쓰기와 관련된 책을 쓸 정도로 전문가는 아니지만, 책을 쓰면서 점점 전문가가 되어갔습니다. 실제로 저에게 경기도와 제주도에서도 책쓰기를 배우는 분들이 있습니다. 2019년에만 2권을 책을 낸 것도 신기하고, 스스로 대견하기까지 합니다. 앞으로도 평생 작가와 강연가를 길을 걷고 싶습니다. 제 꿈이기 때문입니다. 그리고 저는 그 꿈을 이뤘습니다. 이제는 여러분 차례입니다.

혹시나 작가가 꿈이 아니더라도 꼭 독서 했으면 그리고 한 권의 책이라도 썼으면 합니다. 여러분이 일하고 싶은 분야의 책을 읽으세요. 앞서 나가고 있는 사람들의 지혜를 거의 공짜에 가까운 가격에 구할 수 있습니다. 그리고 여러분의 지식과 지혜가 담긴 책을 썼으면 합니다. 여러분의 뒤를 따라오는 사랑하는 후배를 위해서 기록을 남긴다면, 그 후배가 시행착오를 얼마나 줄일 수 있을까요? 인류의 문명도 그 기록 덕분에 유지되고 있습니다.

저의 책도 그러한 이유로 쓰게 되었습니다. '독서를 시작하려는 사람들에게 도움이 되었으면, 책을 쓰려고 하는 사람들에게 도움이 되었으면……' 하는 마음을 담아 책을 썼습니다. 여러분이 어떠한 분야에서 어떤 일을 하든지, 여러분의 기록은 다음 사람에게 큰 힘이 될 것입니다. 저도 앞선 선배들의 책이 아니었다면 절대 작가로 데뷔할 수 없었을 것입니다.

앞선 선배들의 책과 조언으로 또 두 번째 책을 완성했습니다. 특히 김태진 대표님은 평생 은인이십니다. 새로운 길을 제시해주시고, 그 길을 걷도록 도와주셔서 감사한 마음입니다.

또 더로드 출판사의 조현수 대표님께 감사하고 싶습니다. 덕분에 두 번째 책이 세상에 나오게 되었고, 잠시 나누는 대화에도 열정을 느낄 수 있었습니다. 좋은 출판사를 만나서 얼마나 행복한지 모릅니다. 또 오종국 이사님께도 감사드립니다. 수많은 분량을 수정, 보완해주셔서 감사합니다. 좋은 분을 만나서 얼마나 감사한지 모릅니다. 이사님과 통화를 하면서 '장인의식' 이라는 말이 생각났습니다. 정말 감사합니다.

그리고 김경태 형. 고마워요. 형의 질문 덕분에, 이 책이 조금 더 빨리 세상에 나오게 되었어요. 형님의 버킷리스트가 이뤄지도록 도와줄게요.

그리고 늘 한결같은 여자친구 상큼아. 늘 곁에 있어 줘서 고맙고, 내년에는 함께 작가로 데뷔하자. 다음 맺음말을 쓸 때는 여자친구가 아닌 아내가 되어있으면 좋겠어.

그리고 마지막으로 이 글을 읽어주신 독자분들, 감사합니다. 여러분이 읽어주시지 않는다면 이 책은 아무 의미 없는 책이 됩니다. 하지만 여러분이 읽어줌으로써 이 책은 의미가 생겼습니다. 이 책만으로도 마음만 먹으면 작가로 데뷔하도록 최선을 다해서 썼습니다. 부족한 부분이 있다면 연락 주세요. 도와드리고 싶습니다.

이 책을 쓰는 도중에도 독자분의 연락을 받았습니다. 저를 통해, 저의 책을 통해 '살아갈 용기를 얻었다.' 라고 말씀해주신 독자분들에게 감사합니다. 독자분들의 연락 덕에 저는 이 일에 더욱 확신을 느낍니다. 여러분이 행복했으면 좋겠습니다. 그 길에 제 책이 조금이라도 도움이 되었다면 저는 더없이 행복할 것입니다. 어려움 없이 저에게 연락했으면 합니다. 그 한 통의 전화를 기다리며, 저는 이 길을 끝까지 가려고 합니다. 그리고 어디든 강연을 가려고 합니다. 꼭 연락 주세요. 그리고 이 책의 도움으로 작가가 된다면 꼭 알려주세요. 무조건 사겠습니다.

세상에 우연은 없다고 하죠? 제가 좋아하는 말 중 하나입니다. 돈과 시간을 쓰는 곳만 봐도 그 미래를 알 수 있지 않을까요? 이 책을 읽은 후 여러분에게 작은 변화가 있기를 소망해봅니다.

제 좌우명을 끝으로 마지막 인사를 드리겠습니다. 다시 한번 읽어주셔서 감사합니다.

"당신이 이 세상에 살았음으로 인해, 단 한 사람의 인생이라도 행복해지는 것. 그것이 진정한 성공이다." 〈랄프 왈도 에머슨〉

제주에서

작가 **황준연**

여러분이 진정
행복하기를 바란다.

그리고 여러분이 꿈꾸던 모습으로
살아가기를 진정으로 바란다.
이 책이 답이 된다면,
혹은 작은 힌트라도 된다면
더할 나위가 없을 것이다.

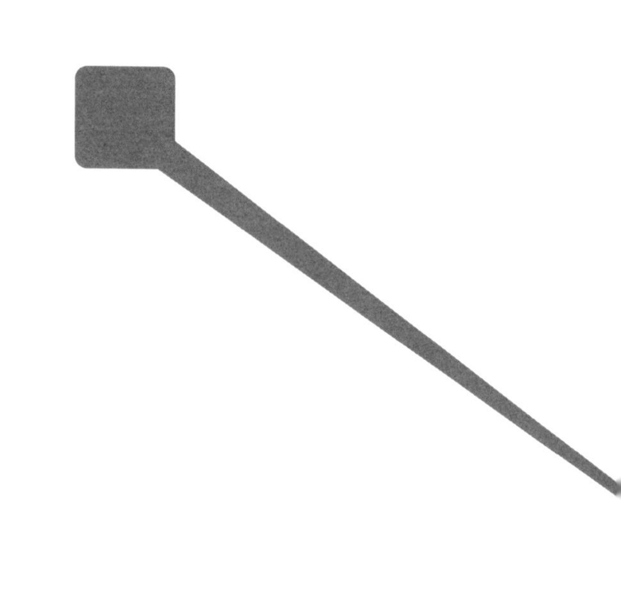